鲁迅与

严吴婵霞 —— 著

中国

鲁迅与中国
儿童文学的发展

儿童文学

华东师范大学出版社
·上海·

的发展

图书在版编目（CIP）数据

鲁迅与中国儿童文学的发展 / 严吴婵霞著. — 上海：华东师范大学出版社，2021
ISBN 978-7-5760-1913-1

Ⅰ. ①鲁…　Ⅱ. ①严…　Ⅲ. ①鲁迅著作研究 ②儿童文学–文学研究–中国　Ⅳ. ①I210.97 ②I207.8

中国版本图书馆CIP数据核字（2021）第121036号

鲁迅與中國兒童文學的發展
嚴吳嬋霞 著
由中華書局（香港）有限公司在中國香港特別行政區首次出版

上海市版权局著作权合同登记　图字：09-2021-0202号

鲁迅与中国儿童文学的发展

著　　者　严吴婵霞
责任编辑　时润民
特约审读　薛　羽
责任校对　唐　铭
装帧设计　卢晓红

出版发行　华东师范大学出版社
社　　址　上海市中山北路3663号　邮编 200062
网　　址　www.ecnupress.com.cn
电　　话　021-60821666　行政传真 021-62572105
客服电话　021-62865537　门市（邮购）电话 021-62869887
地　　址　上海市中山北路3663号华东师范大学校内先锋路口
网　　店　http://hdsdcbs.tmall.com/

印　　刷　上海盛隆印务有限公司
开　　本　787×1092　32开
印　　张　10.5
字　　数　160千字
版　　次　2021年9月第1版
印　　次　2021年9月第1次
书　　号　ISBN 978-7-5760-1913-1
定　　价　55.00元

出 版 人　王　焰

（如发现本版图书有印订质量问题，请寄回本社客服中心调换或电话021-62865537联系）

1987年5月26日，作者从陈伯吹先生手上接过儿童文学园丁奖

1987年第一届沪港儿童文学交流会期间，作者于鲁迅故居前留影

1993年沪港儿童文学交流会，作者与陈伯吹先生合影

1995年，作者与陈伯吹先生合影

2001年10月6日，作者与冰心女儿吴青女士在第十二届冰心儿童图书奖颁奖大会上合影

2007年3月，作者在香港中文大学“鲁迅是谁?”展览上留影

2007年，香港中文大学“薪火相传：香港儿童文学发展六十五年回顾展”上，作者与儿童文学家黄庆云女士合影

作者与陈伯吹先生之子、北京大学原校长陈佳洱先生合影

2012年5月30日，作者于山东烟台冰心纪念馆前与冰心铜像合影

作者与华东师范大学张锦江教授（序一作者）合影

目录

孩子是可以敬服的，
他常常想到星月以上的境界，
想到地面下的情形，
想到花卉的用处，
想到昆虫的言语；
他想飞上天空，
他想潜入蚁穴……

序一

鲁迅对中国儿童文学影响的直言书

那是2018年11月在世博园上海国际童书展期间的某天，将近中午的时候，我与香港女作家严吴婵霞相遇，她交给我一叠厚厚的书稿，她说，这是一本关于鲁迅与中国儿童文学的理论专著，她请我为此书作序。就此一别，这部题为《鲁迅与中国儿童文学的发展》的书稿一直在我的案桌上搁着。我想，对于这样的专著必须静心研读，才能说出一些想法来。皆因手头创作《新说山海经》系列神话小说长卷，分不出身来，就这么一直搁着，不敢轻易动手。2019年7月26日接到她的微信说："我的论文《鲁迅与中国儿童文学的发展》将交由香港中华书局出版繁体版。"接着又一微信说了这部书的成因："1987年完成，当时中国儿童文学资料不好找，从七十年代在英国和美国各大图书馆访寻，到八十年代在内地、香港搜集，不是为了拿个什么学位，只是因缘巧合，遇到饶宗颐、罗忼烈这等大师级老师（两位已作古），还有云惟利教授，就重返校园（注：澳门东亚大学研究院）迫自己把资料催生成论文。之后，又过了三十年，前年搬家时翻出来，觉得目前仍未有人作此研究，就想到出版也许方便后来研究者作参考。”还有一微信让我坐立不安了，她写道：“我最大愿望是能邀请到锦江兄为此书作序，对我来说具有重大意义！”她的盛情与催促，使我难以推诿，我那时正为一家杂志赶写一篇专栏，盛暑之下，挥汗而书，并回复道：“这几日忙着写专栏。等几天我定拜读作序。”又过了月余，在8月30日，她发微信说：“鲁迅论文由香港中华书局出版，如果张兄序文可于9月底完成最好不过了。”这时的我觉得不能再拖了，随即回复：“好！我一定努力完成。”我与她是老朋友了，“受人之托，忠人之事”。我与严吴婵霞相识于1980年代初期，她是香港的才女，写有一手好散文，写儿童小说、童话也都很出色，是香港儿童文学界的领军人物之一，曾担任香港儿童文艺协会会长，又是香港儿童文学出版界的佼佼者，曾长期任职香港新雅文化事业有限公司及山边出版社有限公司董事总经理兼总编辑（1995—

2004)。她的事，我当仁不让，随即我用了四天的时间细读了这部书稿，并想到如下阅后要说的话。

有关鲁迅与中国儿童文学的话题，并非是新鲜的话题，有过若干这类论文与著作。然而，严吴婵霞的《鲁迅与中国儿童文学的发展》，有着卓然存在的价值。本书全篇共七章，分别是："绪论"；"鲁迅以前的儿童文学观"；"鲁迅的童年与儿童文学"；"鲁迅的儿童文学观及其影响"；"鲁迅与科学小说"；"鲁迅与现代中国童话"；"结论"。作者在论述这些篇章中有两个不可忽视的特点，一是注重鲁迅与中国儿童文学发展的主线索，系统而详实地考证，具有可信性、充分性、饱满性，过去的若干鲁迅与中国儿童文学的研究在此方面是欠缺或逊色的，显然此著可提供给后来研究者以不可多得的参考价值；二是对鲁迅给予中国儿童文学的影响，不是夸大的、神化的，而是实事求是，考究研讨的客观性、直观性、真实性，其论述中对鲁迅的儿童文学观念的起伏变化、纠偏、坚持，都说得明明白白，并且对中国儿童文学的诸般讨论也都毫不掩饰地坦露无遗，可算是一部鲁迅对中国儿童文学影响的直言书。

这在我们过去的“鲁迅热”或“鲁迅潮”中是少见的。

在中国现代文学上占有重要显赫地位的一代文学大师鲁迅先生，在他早期的文学活动中，对中国现代儿童文学的创作与理论的初期阶段起到了开蒙与推进的作用。

严吴婵霞本著，首先论述了中国现代儿童文学的儿童观在鲁迅之前与之后的本质变化。她认为“中国有‘儿童文学’这个名称，始于‘五四’时代”，并引证了安妮·佩洛斯基《世界儿童文学》与汉弗莱·卡彭特和玛丽·普理查德《牛津儿童文学指南》的论断，“中国是一直到了二十世纪才有专为儿童而写的文学的”。也就是说，在“五四”时代之前，不存在有现代意义上的中国儿童文学，自然也无所谓儿童文学的儿童观之说法。鲁迅的先进的儿童观起始于对中国社会教育的看法。她论述了旧式的蒙学教育的弊端，指出“旧式的儿童教育主要是成人本位教育，儿童是被看作缩小的成人”，又说：“如果我们把科举考试未废止以前的儿童读物检视一番，便会发觉纯粹以儿童本位而编写的儿童读物几乎是不存在的，当时的教科书几乎完全是蒙学教本，不合儿童的生活和趣味，而成人要求儿童背诵强记。广义来说，这是成人本位的儿童文学。”鉴于当时中国教育的现状，鲁迅在1918年发表的第一篇白话文小说《狂人日记》中，发出了“救救孩子”的呼声，接着又在1919年发表了《我们现在怎样做父亲》，主张解放孩子，使他们成为一个独立的人。严吴婵霞认为，“从鲁迅这种崭新的儿童教育思想可以看出他的以儿童为本位的儿童文学观”。对于鲁迅这新生而嘹亮的“救救孩子”之呼声的回应，是1922年教育发生了两个变革，即小学教科书白话化和儿童文学化。更重要的是催生了真正意义上的中国现代儿童文学的诞生，其标志是1922年叶圣陶创作发表《稻草人》和1923年冰心创作发表《寄小读者》。严吴婵霞总结，鲁迅从社会教育出发的先进的儿童观，引出了中国现代儿童文学的诞生，对文学儿童本位的催生起到启蒙开辟作用。我认为这个结论是靠得住的。

本著第三章“鲁迅的童年与儿童文学”，其内容我以为实际上是对第二章“鲁迅以前的中国儿童文学观”的两处补充：一是旧式蒙学的弊端与危害的真实明证，就发生童年鲁迅身上；二是鲁迅自童年起“最初的儿童文学经验”来自两个方面，一为私塾的读书生活，二为听祖母和长妈妈讲故事。人生初步涉世的鲁迅对儿童读物的“文学反应”的好恶判断，给他日后形成教育的先进的儿童观与儿童文学的儿童本位论，留下了刻骨铭心的印记。这些论述，丰厚了前面鲁迅对中国儿童文学的儿童观形成的启示的内容。

第四章为“鲁迅的儿童文学观及其影响”，应该说，这是本书最重要的章节，而后面第五章“鲁迅与科学小说”和第六章“鲁迅与现代中国童话”实际上是对第四章内容的加强、充实。鲁迅终其一生并无专论中国儿童文学的篇章，他的儿童文学观的论断散见在他的杂感、创作、译文以及日记、书信中。然而，就是这些散见的文字中，洋溢着、充盈着儿童文学的新的思想与新的希望，这些文字的影响力那般持久，那般耐读，那般深远，以至直到今天都给儿童文学作家、翻译家、编辑、教育工作者予以实在的教益。

对鲁迅这些散见的儿童文学论述与判断，严吴婵霞作了精心归纳。有几点值得一说。

其一，鲁迅给孩子以“人”的地位的确认。“救救孩子”是鲁迅为孩子争取“人的地位”的呐喊。关于孩子是“独立的人”的主张，鲁迅有许多文字予以强调，如：“小的时候，不把他当人，大了以后，也做不了人。”“子女是即我非我的人，但既已分立，也便是人类中的人。……因为非我，所以也应同时解放，全部为他们自己所有，成一个独立的人。”等等。因此鲁迅确立的“以幼者为本位”的儿童教育观，“长者须是指导者协商者，却不该是命令者”。对孩子作为“人”的尊重的主张，在今天的现实中都有实际指导意义。

其二，鲁迅对儿童文学有关于儿童心理、语言、题材、插画等方面的独到见解。鲁迅学过医，对儿童心理与成人心理的截然不同，鲁迅作了这样的比喻：“但孩子在他的世界里，是好象鱼之在水，游泳自如，忘其所以的，成人却有如人的凫水一样，虽然也觉到水的柔滑和清凉，不过总不免吃力，为难，非上陆不可了。”鲁迅又说：“孩子是可以敬服的，他常常想到星月以上的境界，想到地面下的情形，想到花卉的用处，想到昆虫的言语；他想飞上天空，他想潜入蚁穴……”鲁迅认为幻想是儿童生活的一部分，这是成人所缺少的。鲁迅重视儿童语言的运用，他认为“白话文应该‘明白如话’”，“从活人的嘴上，采取有生命的词汇”，“也就是学学孩子，只说些自己的确能懂的话”。鲁迅身体力行，在自已的小说创作与译作中都坚持文字一定要顺口和易懂。特别是译作儿童文学作品，他更是遵守显浅易懂这个原则。鲁迅归纳儿童文学的目标，是把儿童培养成“以新的眼睛和新的耳朵，来观察动物、植物和人类的世界者”，并且“使他向着变化不停的新世界，不断地发荣滋长”。他提倡儿童文学题材的多样化，要做到“博学和敏感”。鲁迅对儿童文学的见解可谓涉猎广泛，连儿童插画也有关注。他说：“而且有些孩子，还因为图画，才去看文章，所以我以为插图不但有趣，且亦有益。”他还认为插画的作用除了能吸引孩子的阅读兴趣之外，还有一层就是与文字起到配合、互补之功。鲁迅并对当时的《看图识字》及吴友如画的《女二十四孝图》和《后二十四孝图说》有诸多批评；并提出了对插画家的要求，必须“熟悉他所画的东西”，要有“切实知识”。

其三，鲁迅的“儿童本位论”对于同时代的作家影响及其实践中的辩真。应该说，在鲁迅的引导下，最忠实地响应他的实践者，首提的该是郭沫若。就在鲁迅1918年5月发表《狂人日记》和1919年11月发表《我们现在怎样做父亲》之后，1921年1月郭沫若发表了《儿童文学之管见》，开宗明义就指明：“儿童文学，无论采用何种形式（童话、童谣、剧曲），是用儿童本位的文字……”另一位重要的实践者是郑振铎，他1922年1月主编《儿童世界》，其编辑宗旨正是从鲁迅的“救救孩子”之呼喊开始的，他说：“儿童比成人得更当心的保养。关于儿童读物的刊行，自然得比一般读物的刊行更要小心谨慎。‘救救孩子吧！’”还有一位出色的实践者便是陈伯吹，他在1936年早春与鲁迅有过一次面缘，得到鲁迅短暂的真传，以至终其一生都为孩子写作“小孩子的大文学”。陈伯吹的“童心论”，是他心目中的文学魂，溯其源头，也是从鲁迅的文学观延伸出的产物。然而围绕陈伯吹的“童心论”，实践者们曾有过一段辩真过程。严吴婵霞在本著中的论述，真实地再现了这个辩真过程，没有一点掩饰和回避，其引证材料可谓真实可信。当“童心论”遭到不该有的围攻时，陈伯吹是这样为他的“童心论”辩护的，他引为鲁迅为同道，说：“伟大的革命家，思想家，文学家的鲁迅先生，他老人家就在《爱罗先珂童话集·序》中这样写道：‘……而我所展开他来的是童心的，美的，然而有其真实性的梦。……但是我愿意作者不要出离童心的美梦，而且还要招呼人们进向这梦中，看完了真实的虹，我们不至于是梦游者。’鲁迅先生并不讳言诗人、作家有‘童心’，而且赞美着要有童心，并且还要招呼人们能进向童心的梦。不知道这些话（其涵义深远，岂仅童心已焉）算不算‘童心论’？也不知道有没有人敢于祭起这顶帽子？”陈伯吹先生的话是可敬的。

其四，鲁迅翻译科学小说的初衷与演变。严吴婵霞对鲁迅最早期翻译科学小说的动机、翻译科学小说的手法及其阅读对象都作了客观论说，无夸大之嫌。其中，鲁迅正式开始他一生的文学活动，是在1902年负笈日本之后，1903年10月在东京进化社出版了他的译作——

法国凡尔纳的科学小说《月界旅行》，接着同年12月在《浙江潮》第十期发表了其翻译的凡尔纳另一部科学小说《地底旅行》的首二回，时年22岁。鲁迅译作的动力来自于“科学可以救国”，他在《月界旅行辨言》中说：“破遗传之迷信，改良思想，补助文明，……导中国人群以进行，必自科学小说始。”但鲁迅1904年9月10日进仙台医专，此后他的思想起了变化，他开始怀疑科学是否真能救国。1906年7月鲁迅中止学医，离开仙台赴东京，专门从事新文艺运动。严吴婵霞指出了鲁迅初译中的几点误区。一是对凡尔纳其人缺乏认识，他把《月界旅行》的作者误作美国人倍伦，又把《地底旅行》的作者误作英国人威男，直到三十年后，他在《致杨霁云》的信中才有更正的说法，因他是从日译本转译的，并非是因为凡尔纳的盛名而译作。二是鲁迅翻译《月界旅行》和《地底旅行》时，并不以少年儿童为读者对象，他当时对儿童或儿童文学并没有表示特别的关注。三是鲁迅的译风是应顺潮流，即“采用章回体小说形式，译述改写外国文学作品”。正如鲁迅在1934年5月15日给杨霁云的信中所言：“我因为向学科学，所以喜欢科学小说，但年青时自作聪明，不肯直译，回想起来悔之已晚。”另外鲁迅对于介绍科学知识是否应“故事化”和“文艺化”的认识也有反复。严吴婵霞在这些问题上都作了引证，并且认为，中国现代儿童文学便是从译介外国作品到创作自己的作品起步的。

其五，鲁迅的童话主张对中国童话创作的指导性。严吴婵霞在论述鲁迅对中国童话的发展所起的作用时，有几点很值得注意，或者说具有学术价值。一是鲁迅只从事童话的翻译，他并没有撰写过有关童话理论的专著。可是，他在他翻译的外国童话的译者引言、译后记和书信、杂文中都论述过他对童话的独到见解，而这些见解在当时及至今日都为儿童文学界所重视，产生了深远的影响。譬如，鲁迅关注了1931年关于童话教育功能的大争论，他在为孙用翻译的《勇敢的约翰》写的“校后记”中说下了这样一番话：“对于童话，近来是连文武官员都有高见了，有的说是猫狗不应该会说话，称作先生，失了人类的体统，有的说故事不应该讲成王作帝，违背共和的精神。但我以为这似乎是‘杞天之虑’，其实倒并没有什么要紧的。孩子的心，和文武官员的不同，它会进化，决不至于永远停留在一点上，到得胡子老长了，还在想骑了巨人到仙人岛去做皇帝。因为他后来就要懂得一点科学了，知道世上并没有所谓巨人和仙人岛。倘还想，那是生来的低能儿，即使终生不读一篇童话，也还是毫无出息的。”鲁迅这段话说出了童话的本质特征就是幻想。他在《小约翰·引言》中还提出了“童话的魔力”来自于“实际和幻想的混合”的“写作法则”，等等。二是鲁迅1935年在《表》的“译者的话”中首肯了叶圣陶发表于1922年的《稻草人》，他认为：“十来年前，叶绍钧先生的《稻草人》是给中国的童话开了一条自已创作的路的。”这段话被铭刻在中国童话进程的石碑上。然而，严吴婵霞还是把对叶圣陶童话的不同解读也一并展示了出来，并非因鲁迅的话而只述“一面倒”的同声，这是学术的“良心”。三是鲁迅对张天翼的文学交往，提供了许多有价值的例证，鲁迅与张天翼经常通信，其中有一信中提到张天翼的小说“失之油滑”，这可说是一种批评，是不同的鲁迅的评论中的批评之声。四是有关鲁迅直接进行过评价的当时童话界的两位大家叶圣陶与张天翼，严吴婵霞又再作了客观的比较并写道："张天翼的童话为当时生活于黑暗社会的中国人指出'一条光明的正路'，这是十年前叶圣陶的创作童话所没有的。"最后结论是："在中国现代童话史上，二十世纪二十年代叶圣陶开辟了创作童话的道路，写出反映现实社会具有中国特色的童话。至三十年代，张天翼继承了这个中国自己创作童话的优良传统，把现实主义童话用讽刺的手法发扬光大，为后来的童话作家竖立了一个典范。"

读完这本专著，写到这里，我的所思所想算讲完了。

严吴婵霞这本专著尘封三十年，居然被香港中华书局总编辑侯明女士慧眼识珠，使其得以出版面世，甚是令人惊叹不已。

是我与严吴婵霞数十年的纯真友情促使我写下此序。顿觉岁月无情，人有情也。

序即留痕。

2019年9月6日写于上海坤阳大厦墨海居

张锦江

著名作家、华东师范大学教授

序二

严吴婵霞女士是香港出版界、儿童文学界、图书馆界、教育界的前辈。早在求学时期，我已读过不少严太写的书、编的书，于文字上得到她的栽培，获益良多，今天能在她的学术著作里留下一点点文字，深感荣幸。

以鲁迅与儿童文学作为研究课题，严太是一位先行者。

我最初接触这本《鲁迅与中国儿童文学的发展》大约是在十年前，那时我在香港中央图书馆工作，有一天与严太商谈文学活动后，她拿出大叠厚厚的原稿纸影印本，告知这是她1987年完成的硕士论文手稿，我匆匆看了摘要和目录，发觉是一份研究中国儿童文学发展的重要文献，没印制出版，未免可惜。

近日，我同时检索“中国博士学位论文全文数据库”

及“中国优秀硕士学位论文全文数据库”，在主题栏输入“鲁迅”，找到论文近4000篇，可见鲁迅一向是学者热衷研究的对象，相关的研究成果非常丰富；但当在检索条件附加“儿童文学”后，得出的论文数目锐减至56篇，其中博士论文有5篇。上述两个数据库收录自1984年以来中国高等院校的博、硕士论文超过420万篇，有趣的是，那56篇论文全写就于2002年以后，64%更在2010年之后发表。显然，学术界较为广泛地研究“鲁迅与儿童文学”亦不过是近十年的趋势。而严太在二十世纪八十年代已发掘出这个冷门却具研究价值的课题，可谓独具慧眼，早着先鞭。

今天，《鲁迅与中国儿童文学的发展》终于付梓，意义重大。回顾我们香港地区的儿童文学，发展一直不理想，原因之一就是欠缺学术研究，致使创作与理论未能相辅相成。期望严太的论文能树立榜样，对后学有所启发，鼓励人做更多相关的研究，让我们的儿童文学有更均衡、更全面的发展。

梁科庆博士
香港著名作家、天水围图书馆馆长

自序

唯有感谢，再感谢

本书得以出版，首先感谢香港中华书局总编辑侯明女士。论文手稿束之高阁三十年，本来就不期望有出版机会，尤其在香港，能读懂鲁迅和儿童文学理论的有几人！但侯总凭借她的学养识见及出版人独有的文化慧眼，认定本书有出版价值，而且她认为2019年正值“五四”一百周年纪念，正好赋予此书特别的纪念价值。

感谢华东师范大学张锦江教授为此书作序。我们相识于二十世纪八十年代召开的沪港儿童文学交流会，因为热爱儿童文学，我们建立了三十载宝贵的纯真友谊。我请他作序，因为我知道他写序与众不同，他能够把作者要说但未说清楚的心底话说个明白，这功力非比寻常！

锦江兄在上海的暑热天时，花了整整十天，费尽心思，撰写了近六千字的序文，使我惊叹不已。他是一位对鲁迅有研究的学者，因此才有本领把十万字的论文作扼要的概括。他的序言表述精辟透彻，对章节要点进行了精彩的解读，是本书读者不容错过的最佳导读。

梁科庆博士是一位谦谦君子，是我很珍惜的晚辈。我们也是相识于二十世纪八十年代，当时作为一名文艺青年的他，参加青年文学及儿童文学创作比赛，屡屡获奖。多年不见之后，他已是香港公共图书馆的馆长。他在加拿大修读图书馆学时，选修了儿童文学课程，这和我年轻时在英国修读图书馆学并因此接触到儿童文学的经验相似。我请科庆为此书作序，因为他是儿童文学的有心人，在论文未有机会出版前，他已把复印手稿收藏在香港中央图书馆。我在此特别感谢这位长江后浪推前浪的小友。

1970—1978年，我跟随先夫严瑞源游学于大西洋两岸，其间我修读了图书馆学及儿童文学。本书资料主要搜集自英国和美国的著名大学图书馆，抄录卡片逾千张，当时是怀着野心想编纂一本中国儿童文学目录，方便研究者参考。

1984年的春天，我们的第二个孩子出生了，作为全职上班的妈妈同时兼顾两个幼儿，由不得我有进修的遐想。就在这时，澳门新成立的东亚大学研究院招收中文硕士生，指导老师是学术泰斗饶宗颐和罗忼烈两位教授，外子鼓励我把握机会，亲炙名师教诲。第一次到澳大上课，我发现多了一位年轻学者云惟利博士当我们的导师。云教授在英国研究语言学，专攻古文字学，同时擅长写新诗。另一惊喜是十位同窗皆非等闲之辈，早已学有专精，其中黄嫣梨和郑炜明二位毕业后继续攻读博士学位，在学术上更上层楼，成就有目共睹，使我与有荣焉。

我在1987年完成了论文《鲁迅与中国儿童文学的发展》，直接指导老师是云惟利教授，校外评审老师是我敬爱的著名儿童文学家、香港儿童文学的奠基人黄庆云大姐。

回想我在不惑之年重返校园，追随良师求学问道，与同窗好友砥砺切磋，是难得的人生乐事。

为了纪念这段珍贵的师生和同窗情谊，我怀着感恩的心，把束之高阁三十载的论文出版，同时希望本书能对研究儿童文学的后学有些微的帮助，也算是一种传承吧。

最后，我以此书献给逝世十周年的先夫严瑞源，他生前是香港文化博物馆原馆长及北京首都博物馆创馆顾问，没有他的支持和鼓励，成就不了今天投身儿童文学的我。这是一份“长毋相忘”的信物，他会喜欢的！

严吴婵霞

2019年9月30日

1986年8月15日，于香港跑马地圣罗娜小厨共庆饶宗颐教授（前排中坐者）七十大寿

第一章 绪论

“儿童文学”这个名词，在中国到了二十世纪才出现，这是由于儿童问题在二十世纪才开始受到完全的重视，由成人的从属地位脱离，而有了儿童独立的地位，所以在整个文学的领域中，儿童文学也独竖一帜，自有它特殊的地位。[1]

周作人在1920年发表了中国最早一篇以“儿童文学”为题的论著[2]，在《儿童的文学》一文中，他同意美国麦克林托克（P. L. Maclintock）的论点[3]，认为儿童应该读文学的作品，因为儿童生活上有文学的需要，所以小学校里的文学的教材与教授，必须注意“儿童的”特点[4]，选用的作品还应注意“文学的”价值[5]。由此看来，“儿童文学”一词，就包含有“儿童的”和“文学的”两个特质。

其实所有名词都可分为广义的与狭义的诠释，“儿童文学”一词也不例外。英文“children's literature”中的“literature”，并不单指“文学”，也可解作“文献”。[6]

《牛津英语词典》（*Oxford English Dictionary*）对“literature”一字有以下的定义[7]：

Literary productions as a whole; the body of writing produced in a particular country or period, or in the world in general. Now also in a more restricted sense, applied to writing which has claim to consideration on the grounds of beauty of form or emotional effect.

整体的文学作品；一个特定国家或时期的全部作品，或一般来说，全世界的文学作品。现在也有比较狭义的说法，是指那些被认为具有形体美，并且能影响读者情绪的作品。

由此看来，广义的儿童文学相当于我们常见的“儿童读物”一词，其内涵大致分为小说（fiction）与非小说（non-fiction）两大类。前者包括纯文艺性的民间故事、寓言、神话、传说、现代童话、诗歌、生活小说、传记等体裁；后者是指非文艺性的知识性书籍（informational books）。在英、美、加拿大等国，“children's literature”和“children's books”常常交替混合使用，“儿童文学”和“儿童读物”是相通的，这是广义的用法。[8]

狭义的儿童文学，即是指儿童读物中纯文学小说类（fiction）。前述周作人演讲《儿童的文学》是狭义的儿童文学，看重文学性，不包括非文学性作品。

中国近代儿童文学研究者把“儿童文学”和“儿童读物”区分如下，狭义的儿童文学是：

> 儿童文学是适合少年儿童阅读并能为他们乐于接受的文学作品，包括儿歌、谜语、童话、寓言、故事、小说、剧本、电影文学、科学文艺等各种样式的作品，它仅是儿童读物的一个种类。[9]

至于广义的儿童文学，即属于“儿童读物”：

> 儿童读物的含义比儿童文学更广泛，除了适合少年儿童阅读的文学读物外，还包括适合少年儿童阅读的政治读物，浅显的自然科技读物，文史知识读物等。[10]

本书所论的“儿童文学”，是以狭义的儿童文学为主，若论及广义的儿童文学，则采用“儿童读物”一词以作区别。

至于本书所涉及的儿童文学的范畴，就正如高锦雪所说：“适合儿童阅读的文学作品，无论是儿童自己的写作，成人作家特为儿童而写的作品，或者成人文学作品之改写、删节，甚至直接选用而介绍给儿童阅读者，全在范围内。”［11］这是有关儿童文学范畴的最普遍说法。

最后要说明的一点是儿童文学的读者对象问题。假如以读者年龄区分，儿童文学也有广义和狭义的说法。狭义的儿童，是指6—12岁的“儿童期”，也就是小学阶段。［12］上引周作人、赫克（Huck）和萨瑟兰（Sutherland）所述的儿童文学，都是以小学阶段的6—12岁儿童为主要读者对象。

吴鼎在《儿童文学研究》里所提出的儿童期是从出生到25岁，是根据教育学的说法，认为人类的儿童期是接受教育的最好时期，并且根据儿童身心发展状况，决定各级适当教育的机会。其分期如下：婴儿期（出生到4岁）；幼儿期（4—6岁）；儿童期（6—12岁）；少年期（12—15岁）；前青年期（15—18岁）与后青年期（18—25岁）。［13］这可谓广义的儿童期。

一般英、美等国家把儿童文学按读者年龄分为五大类：婴儿文学（baby literature，0—2岁）；幼儿文学（young children's literature，3—6岁）；儿童文学（children's literature，6—12岁）；少年文学（juvenile literature，12—15岁）；青少年文学（literature for young adults，15—18岁）。

蒋风把儿童期分为幼儿期（3—6岁的学龄前期）、儿童期（7—11岁的学龄初期）及少年期（11—15岁的学龄中期），包括了幼儿园、小学和初中阶段的学童。[14]

至于本书所论儿童文学中的儿童，是指15岁以下的学龄前儿童、小学生和初中生，是比较广义的儿童文学。

【注】（各注释文献版本详见书末所附“参考书目”）

［1］ 许义宗：《儿童文学论》，第19页。

［2］ 周作人在1920年10月26日在北京孔德学校以《儿童的文学》为题演讲，演讲词刊载于《新青年》第八卷第四号。详见《1913—1949儿童文学论文选集》，第439—447页。

［3］ 麦克林托克著有《小学校里的文学》（*Literature in the Elementary School*）一书，周作人在其演讲中引述了麦氏的论点。

［4］ 《1913—1949儿童文学论文选集》，第440页。

［5］ 同上，第446页。

［6］ 高锦雪：《儿童文学与儿童图书馆》，第15页。

［7］ Open University In-Service Education for Teachers. *Children's Language and Literature*. p. 13.

［8］ 在美国和加拿大大学儿童文学系普遍采用的两种教材为：赫克和库恩所合著的《小学里的儿童文学》（Huck and Kuhn. *Children's Literature in the Elementary School*. 3rd ed. New York: Holt, Rinehart & Winston, 1979）及萨瑟兰、蒙森和阿巴思诺特所合著的《儿童和图书》（Sutherland, Monson and Arbuthnot. *Children and Books*. 7th ed. Glenview, Ill.: Scott. Foreman, 1986），书名的“literature”和“books”是相通的。

［9］ 蒋风：《儿童文学概论》，第3页。

［10］ 同上。

［11］ 高锦雪：《儿童文学与儿童图书馆》，第18页。

［12］ 同上书，第20页。

［13］ 吴鼎：《儿童文学研究（第三版）》，第2—3页。

［14］ 蒋风：《儿童文学概论》，第12—16页。

第二章　鲁迅以前的中国儿童文学观

中国有“儿童文学”这个名称，始于“五四”时代。据茅盾说：

> ……大概是“五四”运动的上一年罢，《新青年》杂志有一条启事，征求关于“妇女问题”和“儿童问题”的文章。“五四”时代的开始注意“儿童文学”是把“儿童文学”和“儿童问题”联系起来看的。[1]

其后周作人在1920年10月26日在北京孔德学校以《儿童的文学》为题演讲，演讲词刊载于《新青年》第8卷第4号。这是中国最早一篇以“儿童文学”为题的文章。[2] 文中“儿童文学”一词，显然是从英文“children's literature”直译过来的。

这以后有关儿童文学的论著渐多，其中值得注意的一篇是1922年周邦道发表的《儿童的文学之研究》[3]，文中对“儿童文学”有以下的说法：

> 所谓儿童的文学者，即用儿童本位的文字组成之文学，由儿童的感官，可以直接诉于其精神的堂奥者。换言之：即明白浅近，饶有趣味，一方面投儿童心理之所好，一方面儿童可以自己欣赏的文学。[4]

这种“用儿童本位的文字组成之文学”及“一方面投儿童心理之所好，一方面儿童可以自己欣赏的文学”，正符合鲁迅以儿童为本位的儿童文学观。

儿童本位的儿童文学观是“五四”时代的新产物。中国新文学运动起于民国六年（1917）左右，提倡用白话文和西洋文学体裁写作。“五四”运动以后，中国社会掀起文学革命和国语运动的高潮，影响了小学教科书的白话化和儿童文学化，文化运动的参与者们主张给儿童多读些有趣的文字。1921年左右，儿童文学得到大力提倡，社会上出现认为儿童和成人一样爱好文学、需要文学，应当把儿童的文学给予儿童的观点。

儿童本位的儿童文学观是“五四”时代从西洋进口到中国的舶来品，那么，在西洋儿童文学史上，儿童本位的儿童文学是怎样产生的呢？我们且先了解一下这个问题，再回顾中国“五四”以前的儿童文学发展情况，比较二者的异同，当有助于了解中国现代儿童文学的发展过程。

假若“儿童文学”是指专为儿童写作，以娱乐儿童为目的之读物的话，那么十八世纪以前，可谓没有“儿童文学”这回事。当时的重点在教育儿童，唯一的儿童读物纯粹是当教材用的教科书，完全忽略了儿童情绪上的需要，不把儿童当作独立的个体，只从成人的观点出发，说教式地教育儿童。那时的儿童读物，大概可分为三类：宗教教义、行为守则、知识性读物。[5] 因此，我们可以说这个时期是训蒙式的成人本位儿童文学。

然后到了1744年，有“儿童文学之父”之称的约翰·纽伯瑞（John Newberry）在英国出版了《小巧美丽的袖珍本》（*A Little Pretty Pocket-book*），这是第一本专为儿童写作的书，存心取悦儿童，吸引小读者阅读的兴趣。这本书的出版，在儿童文学史上是一个大突破。从此，儿童文学从训蒙式的成人本位时期，渐渐进入以儿童为写作对象的儿童本位时期。至于那些早期的儿童教育性读物，像字母书、启蒙教本、礼仪书、教义问答等，则提供了重要的背景研究资料，使我们能正确地认识到，十九世纪中叶以后的儿童文学黄金时代是如何兴起的。[6]

至于中国现代儿童文学的道路，又是怎样走过来的？我们也得检视一下中国传统的儿童读物，从中理出一条脉络来。

在旧式的科举制度还没有改革以前，中国的儿童教育是“注入式的教育、顺民或忠臣孝子的教育”[7]，郑振铎认为旧式的教育是把儿童变成“小大人”，他对旧式的教育家有以下的批判：

> 他们根本蔑视有所谓儿童时代，有所谓适合于儿童时代的特殊教育。他们把“成人”所应知道的东西，全都在这个儿童时代具体而微的给了他们了；从天文、历史以至传统的伦理观念，无不很完整的给了出来。在社会上要做一个洁身自好的良民；在专制朝廷的统辖之下，要做一个十足驯良的奴隶，而且要“忠则尽令”；在腐败的家庭里则要做一个“孝当竭力”的孝子顺孙。[8]

由此看来，在新式的学校还没有兴办以前，儿童本位的教育是不受重视的。旧式的儿童教育主要是成人本位的教育，儿童是被看作缩小的成人。如果我们把科举考试未废止以前的儿童读物检视一番，便会发觉纯粹以儿童本位而编写的儿童读物几乎是不存在的，当时的教科书几乎完全是蒙学教本，不合儿童的生活和趣味，而成人要求儿童背诵强记。广义来说，这是成人本位的儿童文学。

郑振铎把中国的传统儿童读物，分析为五大类［9］：

一，学则，学仪，家训以至《小学》、《圣谕广训》一类的伦理书，并包括《小儿语》一类的格言韵语。

二，《三字经》、《百家姓》、《千字文》一类的作为识字用的基本书。

三，启发儿童智慧的聪明的故事，像《日记故事》一类的书。

四，浅近的历史、地理以及博物的常识书，像《高厚蒙求》、《名物蒙求》、《史学提要》等书。

五，所谓“陶冶性情”的诗歌，像《神童诗》、《千家诗》，等等。

既然中国传统儿童读物是和蒙学教育分不开的，要研究这些古代儿童读物的内容性质和教育功能，便不得不先探索蒙学的发展情况。张志公在研究中国历代的蒙学教育发展情况中，对此概述如下［10］：

一，先秦两汉时代已很重视儿童的识字教育和句读训练。现在仍保留下来的两种读物有管子的《弟子职》和史游的《急就篇》。

二，魏晋南北朝到隋唐，蒙学有三方面的发展：

（一）识字教育：主要读本有流行至清末的《千字文》、《开蒙要训》和“杂字”类的课本。

（二）封建思想教育：有《太公家教》、《女论语》等课本。

（三）知识教育：讲掌故故事的蒙书《兔园册》和《蒙求》等。

三，宋元时蒙学有了新发展，形成一套完整的体系，产生了大批新蒙书，奠定了以后的蒙学基础：

（一）识字教育：《百家姓》、《三字经》与《千字文》

成为一套"三、百、千"的识字教材。

（二）封建思想教育：透过识字教育进行，如利用《千字文》和《三字经》；又以程朱理学为依据，产生了《小学》新教材。此外又有形式类似《弟子职》和《蒙求》的韵语训诫读物。

（三）知识教育：有介绍历史知识的《史学提要》，和介绍各方面知识的《名物蒙求》。

（四）初步阅读教材：如诗歌读本《千家诗》，散文故事书《书言故事》和《日记故事》。

（五）读写训练的方法和教材：属对；程式化的作文训练；专作初学教材用的文章选注和评点本。

四，明清两朝，蒙学不离上述规模，表现为：

（一）识字教育："三、百、千"一直流传不变，"杂字"书有较大发展。

（二）封建思想教育：流行较广、影响较大的课本有《小儿语》、《弟子规》、《鉴略》、《幼学》、《龙文鞭影》、《昔时贤文》等。

（三）知识教育：清末产生的蒙求形式的知识蒙书如《时务蒙求》、《地球韵言》、《算学歌略》等。

（四）初步阅读教材：《千家诗》一直风行，又产生了《五言千家诗》和《唐诗三百首》。

（五）读写训练：属对的训练一直沿用；程式化的作文训练发展成为八股文，与科举考试结合；文章选注评点的办法继续被采用，出现了不少新的注本。

郑振铎是从儿童本位的角度来批判中国传统儿童读物，张志公则从语文教育的立场来探索蒙学读本。但他们对古代儿童文学的分类大致上是相同的，即语文识字类、知识类、道德教训类三项。这和西洋早期的训蒙式的成人本位儿童文学实在大同小异，只是我们少了宗教教义，偏重封建思想教育；而他们则少了集中识字，也许是因为拼音文字不需要过于强记生字的缘故。

事实上中国儿童文学和西洋儿童文学的发展过程，在早期是相类似的，也就是先成人本位，后儿童本位。如果说1744年约翰·纽伯瑞出版的《小巧美丽的袖珍本》是一个转捩点，那么中国又是从什么时候开始过渡到儿童本位的儿童文学发展期的呢?

安妮·佩洛斯基（Anne Pellowski）在《世界儿童文学》（*The World of Children's Literature*）一书中说中国是一直到了二十世纪才有专为儿童而写的文学的［11］:

The first considerations of literature as being specifically written for children, or selected from the classics with only their interests in mind, did not appear until the 20th century.

一直到了二十世纪，中国才头一次考虑到应该有专为儿童而写的文学，或者是从古典名著中选择适合儿童阅读兴趣的作品。

汉弗莱·卡彭特（Humphrey Carpenter）和玛丽·普理查德（Mari Prichard）在《牛津儿童文学指南》（*Oxford Companion to Children's Literature*）也认为在二十世纪以前，中国并没有专写给儿童的文学［12］:

Although Chinese literature had its beginnings some 3000 years ago, nothing was written especially for children until the 20th century.

虽然中国文学发端于三千年前，但是在二十世纪以前并没有专为儿童而写的作品。

上述二书皆有提及鲁迅是当时对儿童文学的发展很有影响力的人物。

1918年，鲁迅发表了他的第一篇白话小说《狂人日记》，发出了“救救孩子”的呼声。[13] 1919年又发表了《我们现在怎样做父亲》，主张解放孩子，使他们成为一个独立的人。[14] 从鲁迅这种崭新的儿童教育思想可以看出他以儿童为本位的儿童文学观。

“五四”运动以后，儿童的教育问题受到重视。教育方面的大革新导致教法与教材的改进，其中最重要的改革是小学教科书改文言为白话。1920年以后出版的小学教科书，例如商务印书馆出版的《新法教科书》，中华书局出版的《新体教科书》，都是用白话编写的。[15] 由于小学教科书改用白话文来编写，使儿童读书的能力得以提高，连低年级六七岁的儿童也能自动看补充读物了。[16]

1922年新学制颁布后，除了印行语体文教科书外，内容也儿童文学化起来。文体兼采童话、小说、诗歌等，着重儿童的阅读趣味。[17] 教科书以外的辅助读物有大批被翻译出版的欧美文学名著；期刊则有《儿童世界》（1922年1月7日创刊）和《小朋友》（1922年4月6日创刊），都是周刊，多刊载童话，不但富阅读趣味，而且合乎教育原理和儿童心理。[18]

小学教科书的白话化和儿童文学化促进了中国现代儿童文学的发展，儿童文学渐渐从传统的成人本位过渡到儿童本位。鲁迅在1918年所发出的“救救孩子”的呼声得到了回应：1920年10月26日周作人在北京孔德学校以《儿童的文学》为题演讲，说明儿童也需要文学；1922年周邦道发表了《儿童的文学》，解释儿童的文学即儿童本位的文学；同一年叶圣陶发表了著名创作童话《稻草人》，鲁迅誉为“是给中国的童话开了一条自己创作的路的”；1923年7月冰心开始写她风靡万千小读者的《寄小读者》。

总括来说，鲁迅以前的中国儿童文学是以成人为本位的，“五四”运动以后，才过渡到儿童本位，而鲁迅于1918年发出“救救孩子”的呼声，可以说是促使中国现代儿童文学诞生的口号。

【注】（各注释文献版本详见书末所附“参考书目”）

[1] 茅盾:《关于“儿童文学”》，见《1913—1949儿童文学论文选集》，第218页。

[2] 《1913—1949儿童文学论文选集》，第439—447页。

[3] 周邦道《儿童的文学之研究》发表于1922年1月《中华教育界》第十一卷第六期。

[4] 《1913—1949儿童文学论文选集》，第448页。

[5] Demers, Patricia & Moyles, Gordon (ed.). *From Instruction to Delight: An Anthology of Children's Literature to 1850*. p. 4.

[6] Ibid. p. 1.

[7] 郑振铎:《中国儿童读物的分析（上篇）：从三字经到千字文到历代蒙求》，见郑尔康、盛巽昌编:《郑振铎和儿童文学》，第65页。

[8] 同上书，第65—66页。

[9] 同上书，第68页。

[10] 张志公:《传统语文教育初探》，第9—12页。

[11] Pellowski, Anne. *The World of Children's Literature*. p. 304.

[12] Carpenter, Humphrey & Prichard, Mari. *Oxford Companion to Children's Literature*. p. 115.

[13] 《狂人日记》，见《呐喊》，《鲁迅全集》（1973）第1卷，第291页。

[14] 《我们现在怎样做父亲》，见《坟》，《鲁迅全集》（1973）第1卷，第116—130页。

[15] 吴研因:《清末以来我国小学教科书概观》，见张静庐:《中国出版史料补编》，第150页。

[16] 同上书，第151页。

[17] 陈伯吹:《儿童读物的检讨与展望》，见《1913—1949儿童文学论文选集》，第322—323页。

[18] 同上书，第323页。

第三章　鲁迅的童年与儿童文学

一
童年的读书生活

1881年9月25日，鲁迅诞生于浙江绍兴南城东昌坊口附近的新台门周家。[1] 当时的周家，是一个没落的封建士大夫家庭。鲁迅的祖父周介孚是清朝的进士，曾做过十多年的京官。[2]

1887年，鲁迅6岁时，进私塾跟远房的叔祖父周玉田读《鉴略》。这是一本简要的中国历史读本。[3] 当时绍兴一般小孩子开始读书，大都先读《三字经》或《百家姓》，其次就是《千字文》、《千家诗》等传统识字课本。可是鲁迅的祖父对于儿童教育，却另有一套思想，和当时的人很不一样。他主张先读《鉴略》，认为首先应有一些历史基础的知识。他又认为只要稍微多认识一些字，便可看《西游记》，接着读《诗经》等。[4] 他还提出少年人读诗词时，应当有一个先后的顺序。他曾经教导鲁迅说：

初学先诵白居易诗，取其明白易晓，味淡而永。再诵陆游诗，志高词壮，且多越事。再诵苏诗，笔力雄健，辞足达意。再诵李白诗，思致清逸。如杜之艰深，韩之奇崛，不能学亦不必学也。示樟寿诸孙。[5]

鲁迅的父亲周伯宜，曾考取会稽县学的生员（秀才），以后参加过好几次乡试，都没有考中，一直闲居在家里读书。周伯宜对子女的读书是很注意的，他赞成其父的意见，认为小孩子上学，首先应该懂得一点历史常识，所以他要鲁迅先读《鉴略》。他认为《鉴略》比《百家姓》、《千字文》有用得多，因为从中可以知道由古到今的大概。可惜在教育儿童的方法上，他仍然和当时许多家长一样，一味责令子女强记背诵。[6]

儿时读《鉴略》的事，鲁迅在四十年后仍然记忆深刻。《五猖会》里有这样一段记载：7岁那一年的一天早上，家人准备妥当，要带鲁迅到绍兴城外东关的五猖庙看迎神赛会。鲁迅笑着跳着正要出门时，父亲站在他背后，着令他把《鉴略》拿出来读。两句一行，大约读了二三十行，便要鲁迅读熟背出来，否则不准去看会。[7]鲁迅回忆说：

> 粤自盘古，生于太荒，首出御世，肇开混茫。
>
> 就是这样的书，我现在只记得前四句，别的都忘却了；那时所强记的二三十行，自然也一齐忘却在里面了。记得那时听人说，读《鉴略》比读《千字文》、《百家姓》有用得多，因为可以知道从古到今的大概。知道从古到今的大概，那当然是很好的，然而我一字也不懂。"粤自盘古"就是"粤自盘古"，读下去，记住它，"粤自盘古"呵！"生于太荒"呵！……[8]

鲁迅又说："直到现在，别的完全忘却，不留一点痕迹了，只有背诵《鉴略》这一段，却还分明如昨日事。"[9]

这件事，鲁迅直到了中年仍然印象深刻。《鉴略》的文字深奥难懂，幼年的鲁迅只是跟着塾师读着、记着、背着，对书中含意，一点也不理解，因此读过就忘记了。书桌上除了《鉴略》和习字的描红格、对字课本外，便不许有别的书。鲁迅对于这种窒息儿童心灵的封建教育，觉得很难忍受。[10]

鲁迅的启蒙老师周玉田藏书很丰富，鲁迅特别喜欢看他收藏的《花镜》。这本书不仅介绍了培育各种花木的知识，而且还有许多好看的插图。后来鲁迅用二百文的压岁钱向族兄周兰星买了一册《花镜》。他还根据自己种花的经验，发现书中有一些错误的地方，写上详细的批注。[11]《花镜》一书，不但引起鲁迅对种植花木的浓厚兴趣，而且使他热爱图画书，以至成年后他还对儿童读物的插图十分关注，这在《"看图识字"》一文中便很清楚地表达出来。[12]

另一本鲁迅童年时爱读的书是绘图本《山海经》。周玉田有一次对鲁迅说：

曾经有过一部绘图的《山海经》，画着人面的兽，九头的蛇，三脚的鸟，生着翅膀的人，没有头而以两乳当作眼睛的怪物，……可惜现在不知道放在那里了。[13]

鲁迅从此一直念念不忘《山海经》，很想获得一本，看看里面的图画。后来，他的保姆长妈妈终于给他买了一套，他真是高兴极了：

我似乎遇着了一个霹雳，全体都震悚起来，赶紧去接过来，打开纸包，是四本小小的书，略略一翻，人面的兽，九头的蛇，……果然都在内。[14]

这四本书，鲁迅说是他最初得到的最为心爱的“宝书”。对于这套“宝书”的印象，鲁迅回忆说：

书的模样，到现在还在眼前。可是从还在眼前的模样来说，却是一部刻印都十分粗拙的本子。纸张很黄；图象也很坏，甚至于几乎全用直线凑合，连动物的眼睛也都长方形的。但那是我最为心爱的宝书，看起来，确是人面的兽；九头的蛇；一脚的牛；袋子似的帝江；没有头而“以乳为目，以脐为口”，还要“执干戚而舞”的刑天。[15]

看了这部绘有奇异图画的《山海经》后，鲁迅开始搜集有绘图的书，计有石印的《尔雅音图》、《毛诗品物图考》、《点石斋丛画》和《诗画舫》等书。又另外买了一部新的石印《山海经》，每卷都有图赞，绿色的画，红色的字，比那本木刻的精致许多。[16]

周作人在《鲁迅的故家》中也提到鲁迅与《山海经》的关系：

鲁迅与《山海经》的关系可以说很是不浅。第一是引开了他买书的门，第二是使他了解神话传说，扎下创作的根。[17]

绘图本《山海经》虽然是一本印制粗劣的图画书，但对于一个10岁的孩子来说，却是一本“宝书”，可见书籍的插画和有趣的内容对儿童读者的吸引力是如何的巨大了。鲁迅日后对童话有特别浓厚的兴趣，也未尝不可以说是从获得《山海经》开始的。

童年的鲁迅并没有接触过专为儿童而写的读物。当时，新出的儿童读物只有上海出版的《小孩月报》（1875年创刊）一种而已。其他如《蒙学报》（1897）、《中国白话报》（1903）、《童子世界》（1903）、《蒙学画报》（1908）等，都是在他青年时代出版的。

鲁迅成年以后，对于自己和同窗在童年时代没有书可看的事，仍然无限感慨：

我们那时有甚么可看呢，只要略有图画的本子，就要被塾师，就是当时的“引导青年的前辈”禁止，呵斥，甚而至于打手心。我的小同学因为专读“人之初性本善”读得要枯燥而死了，只好偷偷地翻开第一叶，看那题着“文星高照”四个字的恶鬼一般的魁星像，来满足他幼稚的爱美的天性。昨天看这个，今天也看这个，然而他们的眼睛里还闪出苏醒和欢喜的光辉来。[18]

在私塾以外，鲁迅还读了《文昌帝君阴骘文图说》和《玉历钞传》一类书，“都画着冥冥之中赏善罚恶的故事，雷公电母站在云中，牛头马面布满地下，不但‘跳到半天空’是触犯天条的，即使半语不合，一念偶差，也都得受相当的报应”[19]。

这些都是他家里收藏的旧书，并非他所专有的。他自己最先得到的一部画图本子，是一位长辈送给他的《二十四孝图》。当时他约10岁，起先很高兴，他回忆说：

这虽然不过薄薄的一本书，但是下图上说，鬼少人多，又为我一人所独有，使我高兴极了。那里面的故事，似乎是谁都知道的；便是不识字的人，例如阿长，也只要一看图画便能够滔滔地讲出这一段的事迹。[20]

可是鲁迅于高兴之余，接着就是扫兴，因为他请人讲完了二十四孝故事之后，才知道“孝”有如此之难，而对于“老莱娱亲”和“郭巨埋儿”这两个故事则甚为反感。[21]

“老莱娱亲”的故事，据《艺文类聚》卷二十引《列女传》说：

老莱子养二亲，行年七十，婴儿自娱，着五采衣，尝取浆上堂，跌仆，因卧地为小儿啼，或弄乌鸟于亲侧。[22]

鲁迅很不喜欢这个故事，他说：

而招我反感的便是“诈跌”。无论忤逆，无论孝顺，小孩子多不愿意“诈”作，听故事也不喜欢是谣言，这是凡有稍稍留心儿童心理的都知道的。[23]

鲁迅更进一步批判道学先生的反教育效果：

以不情为伦纪，诬蔑了古人，教坏了后人。老莱子即是一例，道学先生以为他白璧无瑕时，他却已在孩子的心中死掉了。[24]

至于“郭巨埋儿”的故事，据晋代干宝《搜神记》的记载：

郭巨，隆虑人也，一云河内温人。兄弟三人，早丧父。礼毕，二弟求分。以钱二千万，二弟各取千万。巨独与母居客舍，夫妇佣赁，以给公养。居有顷，妻产男。巨念与儿妨事亲，一也；老人得食，喜分儿孙，减馔，二也。乃于野凿地，欲埋儿，得石盖，下有黄金一釜，中有丹书，曰："孝子郭巨，黄金一釜，以用赐汝。"于是名振天下。[25]

这个故事颇使鲁迅感到害怕：

但我从此总怕听到我的父母愁穷，怕看见我的白发的祖母，总觉得她是和我不两立，至少，也是一个和我的生命有些妨碍的人。后来这印象日见其淡了，但总有一些留遗，一直到她去世——这大概是送给《二十四孝图》的儒者所万料不到的罢。[26]

1892年初，鲁迅奉父亲之命，进了绍兴城内颇有声望的书塾——三味书屋，跟随寿镜吾读书。[27] 塾中的教材除了《大学》、《中庸》、《尔雅》、《论语》、《诗经》外，还有汉魏六朝的文辞和唐朝的诗歌。[28] 课余的时间，鲁迅喜欢看《西游记》等绣像小说之类的"闲书"。可是"闲书"是不能公开看的，鲁迅要拉开抽屉，把书藏在其中，伏在桌上偷偷地看。[29]

除了看“闲书”，鲁迅花了不少时间描画。他用一种薄而透明的荆川纸覆在小说的绣像上，用笔蘸着墨汁，像习字描红一样，一笔一笔地描画。《西游记》及《东周列国志》中的绣像，就是这样给描下来，并且装订成册。[30]

描画以外，鲁迅也喜欢画图画。他把画本藏在床上垫被底下，不让父亲发现。[31] 因为喜爱图画，鲁迅便购买了一些画谱，先后买到的有《百将图》、《芥子园画传》、《天下名山图咏》、《古今名人画谱》、《海上名人画谱》、《梅岭百鸟画谱》、《晚笑堂画传》等。[32]

1893年，鲁迅13岁，祖父因事下狱，鲁迅避难到乡下去，寄住在离绍兴城东约二十里的小皋埠大舅父家。他的“友舅舅”秦少渔喜欢看小说，凡当时通行的小说他都买来看。[33] 从此，鲁迅的阅读趣味有所改变：

少渔的丰富藏书，打开了鲁迅的眼界，他才恍然知道世上有这么多未曾见过的奇书，使他的兴趣从爱好描画转移到阅读小说这方面来。[34]

周作人在《鲁迅的故家》中说：

这于鲁迅有不少的益处，从前在家里所能见到的只是《三国》、《西游》、《封神》、《镜花缘》之类，种种《红楼梦》，种种《侠义》，以及别的东西，都是无从见到的。[35]

就这样，鲁迅在小皋埠阅读了不少中国古典小说。

成年以后，鲁迅翻译了不少外国小说，其中不乏儿童文学作品。鲁迅童年时代有没有受过外国翻译文学的影响呢？这是一个值得深究的问题。

外国文学被大量翻译到中国来还是二十世纪初的事情，正如郑伯奇所说：

中国人接受外国文学，是前清最后十多年的事，最初介绍进来的是小说。当时，在理论上提倡最力的是梁启超，在实际上，翻译得顶早而又顶多的是林琴南。[36]

钱锺书在《林纾的翻译》一文中回忆说：

商务印书馆发行的那两小箱《林译小说丛书》是我十一二岁时的大发明，带领我进了一个新天地，一个在《水浒》、《西游记》、《聊斋志异》以外另辟的世界。我事先也看过梁启超译的《十五小豪杰》，周桂笙译的侦探小说等等，都觉得沉闷乏味。接触了林译，我才知道西洋小说会那么迷人。我把林译里哈葛德、欧文、司各特、迭更司的作品津津不厌地阅览。[37]

胡从经认为："二十世纪初叶的中国少年儿童正是通过'林译小说'开始接触世界其他民族所创造的文学宝库，从而步入了一个陌生而新奇的世界。"[38]

林译小说，始于光绪十九年（1893），止于民国十三年（1924），前后达三十二年。[39] 所译作品十分丰富，根据马泰来的考据，共有179种，单行本137种，未刊18种。[40] 其中不乏至今仍为儿童所喜读的古典儿童文学名著，如《鲁滨孙漂流记》（*Life and Strange Surprising Adventures of Robinson Crusoe*）、《海外轩渠录》（*Gulliver's Travels*，今译《格列佛游记》）、《伊索寓言》（*Aesop's Fables*）等。

鲁迅生于1881年。林纾开始从事翻译外国小说时，鲁迅已12岁，因此他并不像冰心和丁玲那样，于童年时代便已受林译小说的影响。

冰心在回顾自己的幼年时代时写道：

我所得的大半是商务印书馆出版的林译说部。如《孝女耐儿传》、《滑稽外史》、《块肉余生述》之类。……到了十一岁，我已看完了全部的《说部丛书》。[41]

丁玲小时候，也看了不少林译小说。她说：

……几乎把我舅舅家里的那些单本旧小说看完。而且商务印书馆的《说部丛书》就是那些林译的外国小说也看了不少。[42]

看来，鲁迅在童年时代并没有受过外国翻译文学的影响。也许他没有机会接触到。鲁迅开始接触外国文学作品，或许是在他离开家乡绍兴，到南京进新学堂的时候。他是在1898年（18岁）进南京江南水师学堂学习的。1899年（19岁）则改入南京江南陆师学堂附设的矿务铁路学堂。[43]

二
听故事

鲁迅的祖母蒋老太太，是一个非常和气的老人家，为人风趣，喜欢说笑话，而且很爱说故事。据鲁迅家里的佣人王鹤照的回忆说：

> 蒋老太太肚里的故事很多，她会讲太平天国的故事，也会讲绍兴的民间故事。鲁迅先生小时候，夏天的晚上，躺在小板桌上乘风凉，祖母坐在桌旁，一面摇着芭蕉扇，一面给他讲“洪秀全军”和“水漫金山”的故事。[44]

鲁迅在《论雷峰塔的倒掉》中记述他童年听祖母讲“水漫金山”的故事：

> 然而一切西湖胜迹的名目之中，我知道得最早的却是这雷峰塔。我的祖母曾经常常对我说，白蛇娘娘就被压在这塔底下！有个叫作许仙的人救了两条蛇，一青一白，后来白蛇便化

作女人来报恩，嫁给许仙了；青蛇化作丫鬟，也跟着。一个和尚，法海禅师，得道的禅师，看见许仙脸上有妖气，——凡讨妖怪做老婆的人，脸上就有妖气的，但只有非凡的人才看得出，——便将他藏在金山寺的法座后，白蛇娘娘来寻夫，于是就“水满金山”。我的祖母讲起来还要有趣得多，大约是出于一部弹词叫作《义妖传》里的……总而言之，白蛇娘娘终于中了法海的计策，被装在一个小小的钵盂里了。钵盂埋在地里，上面还造起一座镇压的塔来，这就是雷峰塔。此后似乎事情还很多，如“白状元祭塔”之类，但我现在都忘记了。[45]

在《狗·猫·鼠》一文中，鲁迅又记述了祖母讲的一个猫是老虎的师父的故事：

……老虎本来是什么也不会的，就投到猫的门下来。猫就教给它扑的方法，捉的方法，吃的方法，象自己的捉老鼠一样。这些教完了；老虎想，本领都学到了，谁也比不过它了，只有老师的猫还比自己强，要是杀掉猫，自己便是最强的脚色了。它打定主意，就上前去扑猫。猫是早知道它的来意的，一跳，便上了树，老虎却只能眼睁睁地在树下蹲着。它还没有将一切本领传授完，还没有教给它上树。[46]

在鲁迅的幼年时代，另一位常常给他讲故事的人就是保姆长妈妈了。从长妈妈的口中，鲁迅听了许多“长毛”故事。[47]

在《阿长与山海经》一文里，鲁迅回忆说：

……她之所谓“长毛”者，不但洪秀全军，似乎连后来一切土匪强盗都在内，但除却革命党，因为那时还没有。她说得长毛非常可怕，他们的话就听不懂。[48]

长妈妈把“长毛”的故事说得情节离奇，很使鲁迅惊异。从此，对长妈妈的看法也不同了：

我一向只以为她满肚子是麻烦的礼节罢了，却不料她还有这样伟大的神力。从此对于她就有了特别的敬意，似乎实在深不可测……[49]

长妈妈除了给鲁迅讲“长毛”故事外，也给他讲一些民间故事，比方“美女蛇”的故事。美女蛇是“人首蛇身的怪物，能唤人名，倘一答应，夜间便要来吃这人的肉的”。鲁迅日后仍记得很清楚这故事的教训：“所以倘有陌生的声音叫你的名字，你万不可答应他。”[50]

没有儿童不喜欢听故事的，鲁迅也不例外。究竟讲故事和儿童文学有什么关系呢？这是一个易被忽略的课题。

美国著名儿童文学家露丝·索耶（Ruth Sawyer, 1880—1970）在她的《说书人之道》（*The Way of the Storyteller*）一书里指出，讲故事是一门古老的民间艺术（folk-art）。[51] 格林兄弟穷一生的精力搜集流传于民间的故事，就是要保存德国的口头文学。他们总共搜集了210个故事，分别在1812年及1814年出版了两册《童话和家庭故事》。[52] 就是通过民间说书人的口述故事，各民族的文化遗产才得以世代薪火相传。

古代的儿童没有专为他们而写的书可读，他们的文学启蒙便是听故事。琼·卡斯（Joan Cass）在《文学和幼儿》（*Literature and the Young Child*）一书里慨叹今天的儿童虽然有书可读，可是生活忙碌的父母却忽略了给子女讲故事的重要性 [53]：

In medieval society the idea of childhood as we know it

simply did not exist and children, as soon as they could manage without the perpetual care of their mothers, joined adult society: there were no stories specially for them. No doubt, however, they listened to everything they heard.

Today there are plenty of stories written for children, and we know how much they enjoy listening. Yet telling and reading stories to children is something which is sometimes neglected. Parents forget, or are too busy, and yet for the first 7 years of a child's life many children do not read sufficiently fluently to read to themselves.

我们现在所说的童年，在中世纪社会里根本不存在。一旦不再需要母亲的照顾时，儿童便投身成人社会了。虽然没有专为他们而创作的故事，可是，他们却什么都留心听。

今天虽然有很多专为儿童而写的故事书，而我们也知道儿童是多么喜爱听故事，可是讲故事和读故事书给儿童听的事却往往被忽略了。有时是因为父母忘记了，有时是因为生活太忙。而许多儿童在7岁还是不能够自己流畅地阅读。

鲁迅是在6岁的时候才进家塾正式读书的。因此，他6岁以前必定还不会看儿童文学书籍，而只是听过祖母和保姆讲故事。

艾登·钱伯斯（Aidan Chambers）在《推介图书给儿童》（*Introducing Books to Children*）一书里强调讲故事及朗读是引导儿童阅读最有效的方法［54］：

Literature in all its forms grew out of the oral tradition and we cannot emphasize enough how deeply rooted in his early oral experience is everyone's taste for reading. As for introducing books to people during their childhood and adolescence, telling stories and reading aloud are the two most effective methods, both fundamental and essentially important.

文学的各种形式都是从口述传统产生出来的。一个人的阅读品味和他童年的口述经验有着根深蒂固的关系。讲故事和朗读则是介绍书籍给少年儿童的两种最佳方法，两者同样是基本和必要的。

鲁迅童年时虽然没有专门的儿童书籍可读，但是，他从祖母和保姆的口中听了不少故事。这两位长者都是出色的说书人。鲁迅直到成年以后仍能忆述童年时从她们那儿听来的故事。这些故事在不知不觉中引起鲁迅对儿童文学的兴趣。

儿童文学家一般在童年时都是爱听故事的孩子。由听故事而引起他们阅读书籍的兴趣，从而走上从事儿童文学的道路。

巴西儿童文学作家安娜·玛丽亚·马查多（Ana Maria Machado，1942— ）曾这么说［55］：

I write because, since my earliest days, I have always loved stories. First I enjoyed listening to stories, then reading them ... We will probably find out that at the beginning of someone who writes there was always a child who loved to read. ...

When I was a child, I had a grandmother who only learned how to read and write when she got married. She didn't read much. But she knew an unbelievable amount of folktales and fairy tales. And she had the gift of story-telling, she made them alive and unforgettable.

我写作是因为从童年开始我便喜爱故事。最初是喜欢听，后来喜欢自己读。……我们也许会发现每个作者在开始写作之前必定是个爱阅读的孩子。……

童年时我有一位外婆，她是结了婚以后才学读书写字的。她虽然读书不多，可是却知道许多民间故事和童话。而且她天生很会讲故事，她讲故事很生动，教人难忘。

英国儿童文学家菲丽帕·皮尔斯（Philippa Pearce, 1920—2006）主张用讲故事的方法来诱导儿童阅读［56］：

I told the stories I had loved —— or certainly would have loved —— as a child myself; and there was usually instant response from the children who listened. ...

当我讲那些我小时候喜欢的故事，或者我小时候必定会喜欢的故事时，小孩子们听了都会马上有所反应。……

这种反应可说是“文学反应”（response to literature）。［57］儿童天生爱听故事。因为听故事，他们初步接触了文学，由此产生了阅读书籍的兴趣，因此许多爱听故事的孩子往往也是爱阅读的孩子。

鲁迅年幼时，引起他的文学反应的人，正是擅长讲故事的祖母和长妈妈。

澳大利亚儿童文学家帕特里夏·赖特森（Patricia Wrightson，1921—2010）也特别强调讲故事对儿童的重要性［58］：

... The art of story-telling is older than civilization and goes back to the beginning of language. ... So the telling of stories as skillfully, as directly and immediately, as we can, is a natural part of the urgent and exciting business of living together on a planet. How strange, then, if we did not tell stories as urgently and as vitally to children.

……讲故事的艺术比人类的文明还要古老，可以追溯到语言起源之初。……因此，我们讲故事时，既要熟练，又要直截了当。这是生活于天地间既自然、又急切，而且令人兴奋的事。要是我们不把讲故事给小孩子们听当做是件急切和必要的事，那就太奇怪了。

今天的儿童虽然有机会阅读许多印刷精美的书籍，

可是他们未必有机会听大人讲故事。儿童文学界有鉴于此，大力提倡恢复讲故事这种古老的口传文学方式，一方面可以培养儿童的阅读兴趣，另一方面可作为彼此沟通的媒介，兼且负有保存文学遗产的任务。

因此，要了解鲁迅的童年和儿童文学的关系，不能忽略他的祖母和保姆对他讲故事所带给他的影响。

三
小结

鲁迅童年的“儿童文学经验”来自两方面：一是在私塾的读书生活，二是听祖母和长妈妈讲故事。

儿童时代的鲁迅，并没有接触过以儿童为本位的儿童文学。当时旧式科举制度还未废除，鲁迅读的是蒙学教本，完全不合儿童的生活和趣味，而成人要求儿童背诵强记。鲁迅对于那些完全忽视儿童心理的读物大为反感，这可从他读《鉴略》和《二十四孝图》的不愉快经验看出，因此也形塑了他日后的“儿童本位”儿童文学观。

鲁迅童年的第二种“儿童文学经验”来自听故事，这倒是使他愉快难忘的，而且也合乎“儿童本位”。鲁迅的祖母和保姆都是讲故事的能手，她们把这种口传文学发挥得淋漓尽致，激发了幼年鲁迅的想像力和好奇心。这种“文学反应”引起了鲁迅对阅读的兴趣和求知欲，促使他日后走上文学的道路。像许多作家一样，鲁迅也是先对文学产生了兴趣，然后才致力于儿童文学的。

【注】（各注释文献版本详见书末所附“参考书目”）

[1] 曾庆瑞：《鲁迅评传》，第3页。
[2] 同上书，第6页。
[3] 蒋风、潘颂德：《鲁迅论儿童读物》，第103页。
[4] 乔峰：《略讲关于鲁迅的事情》，第11—12页。
[5] 朱忞等编著：《鲁迅在绍兴》，第48页。
[6] 同上书，第56页。
[7] 《五猖会》，见《朝花夕拾》，《鲁迅全集》（1973）第2卷，第368—373页。
[8] 同上书，第372页。
[9] 同上书，第373页。
[10] 朱忞等编著：《鲁迅在绍兴》，第69页。
[11] 同上书，第69—70页。
[12] 《“看图识字”》，见《且介亭杂文》，《鲁迅全集》（1973）第6卷，第42—43页。
[13] 《阿长与山海经》，见《朝花夕拾》，《鲁迅全集》（1973）第2卷，第357页。
[14] 同上书，第358页。
[15] 同上书，第358—359页。
[16] 同上书，第359页。
[17] 蒋风、潘颂德：《鲁迅论儿童读物》，第104页。
[18] 《二十四孝图》，见《朝花夕拾》，《鲁迅全集》（1973）第2卷，第362页。
[19] 同上书，第362页。
[20] 同上书，第363—364页。
[21] 同上书，第364—365页。
[22] 欧阳询撰，汪绍楹校：《艺文类聚》卷二十，第一册，第369页。
[23] 《二十四孝图》，见《朝花夕拾》，《鲁迅全集》（1973）第2卷，第

365页。
[24] 同上书，第366页。
[25] 干宝撰，汪绍楹校注：《搜神记》，第136页。
[26] 《二十四孝图》，见《朝花夕拾》，《鲁迅全集》（1973）第2卷，第367页。
[27] 朱忞等编著：《鲁迅在绍兴》，第75页。
[28] 同上书，第80页。
[29] 同上书，第92页。
[30] 同上。
[31] 同上书，第93页。
[32] 同上书，第95页。
[33] 同上书，第117页。
[34] 同上书，第118页。
[35] 蒋风、潘颂德：《鲁迅论儿童读物》，第105页。
[36] 胡从经：《晚清儿童文学钩沉》，第160页。
[37] 钱锺书等：《林纾的翻译》，第22页。
[38] 胡从经：《晚清儿童文学钩沉》，第160页。
[39] 同上书，第161页。
[40] 马泰来：《林纾翻译作品全目》，见钱锺书等：《林纾的翻译》，第98页。
[41] 胡从经：《晚清儿童文学钩沉》，第161页。
[42] 同上。
[43] 蒋风、潘颂德：《鲁迅论儿童读物》，第106页。
[44] 上海教育出版社编：《回忆鲁迅资料辑录》，第6页。
[45] 《论雷峰塔的倒掉》，见《坟》，《鲁迅全集》（1973）第1卷，第157—158页。
[46] 《狗·猫·鼠》，见《朝花夕拾》，《鲁迅全集》（1973）第2卷，第346—347页。
[47] 《病后杂谈之余》，见《且介亭杂文》，《鲁迅全集》（1973）第6

卷，第189—190页。

[48]《阿长与山海经》，见《朝花夕拾》，《鲁迅全集》（1973）第2卷，第355页。

[49] 同上书，第356页。

[50]《从百草园到三味书屋》，见《朝花夕拾》，《鲁迅全集》（1973）第2卷，第385—386页。

[51] Sawyer Ruth. *The Way of the Storyteller.* pp.23—39.

[52] 严吴婵霞：《童话兄弟雅各和威廉·格林的生平》，见《读者良友》第2卷第5期，1985年5月，第81页。

[53] Cass, Joan E. *Literature and the Young Child.* 2nd ed. p.51

[54] Chambers, Aidan. *Introducing Books to Children.* p.43.

[55] Machado, Ana Maria. "Why Do You Write for Children?"，1986年8月19日东京第20届IBBY世界大会演讲稿，第39—40页。

[56] Pearce, Philippa. "A Writer's View". 1986年8月20日东京第20届IBBY大会演讲稿，第70页。演讲者获1958年英国卡内基儿童文学奖（Carnegie Medal）。

[57] Sutherland, Zena and others. *Children and Books*. 6th ed. chapter 16, "Encouraging response to literature". pp.516-541.

[58] Wrightson, Patricia. "Why Do We Do It?"，1986年8月21日东京第20届IBBY大会演讲稿，第99页。演讲者获1986年安徒生儿童文学创作奖（Hans Christian Andersen Prize）。

第四章 鲁迅的儿童文学观及其影响

一
小引

鲁迅终其一生十分重视儿童教育，有关儿童教育的论述也不少。他的儿童教育观是以儿童为本位的，主张把儿童从几千年来的封建社会中解放出来，承认儿童是独立的个体，在社会应有自己的地位。这种打破传统的崭新儿童教育观，直接影响了鲁迅的儿童文学观，因为儿童文学是儿童教育的一部分，只有以儿童为本位的儿童教育观，才能产生以儿童为本位的儿童文学观。

1918年5月，鲁迅在《狂人日记》中高呼“救救孩子”。[1] 这在鲁迅的教育思想中有极重大的意义。顾明远解释说：

“救救孩子”可以说是鲁迅教育思想的出发点。因为要救救孩子，所以要批判一切旧的教育思想；因为要救救孩子，所以要端正教育思想，用革命的精神去教育他们，用丰富的精神食粮去培养他们；因为要救救孩子，所以要把他们培养成战士，以便能与旧社会恶势力作长期的“韧”的战斗，求得自身的彻底解放。[2]

“救救孩子”就是把孩子从封建道德中解放出来，使他们成为一个独立的人。要达到这个目的，就必须先改造孩子的父母，因为孩子是由他们来教导的。在“救救孩子”的呼声发出后不久，鲁迅批判当时中国的父母只负生孩子之责，而不负教孩子之责。他说：

中国的孩子，只要生，不管他好不好，只要多，不管他才不才。生他的人，不负教他的责任。虽然“人口众多”这一句话，很可以闭了眼睛自负，然而这许多人口，便只在尘土中辗转，小的时候，不把他当人，大了以后，也做不了人。[3]

鲁迅把父亲分成两类，他说：

其一是孩子之父，其一是“人”之父。第一种只会生，不会教，还带点嫖男的气息。第二种是生了孩子，还要想怎样教育，才能使这生下来的孩子，将来成一个完全的人。[4]

鲁迅又慨叹中国人的家庭里没有“爱”，他说：

我们还要叫出没有爱的悲哀，叫出无所可爱的悲哀。……我们要叫到旧账勾消的时候。

旧账如何勾消？我说，“完全解放了我们的孩子！”［5］

至于怎样解放孩子，鲁迅于翌年1919年10月写的《我们现在怎样做父亲》一文中这样说：

但中国的老年，中了旧习惯旧思想的毒太深了，决定悟不过来。……没有法，便只能先从觉醒的人开手，各自解放了自己的孩子。自己背着因袭的重担，肩住了黑暗的闸门，放他们到宽阔光明的地方去；此后幸福的度日，合理的做人。［6］

鲁迅更进一步运用生物进化的观点，阐明觉醒的父母与子女应有的关系。他说：

便是依据生物界的现象，一、要保存生命；二、要延续这生命；三、要发展这生命（就是进化）。生物都这样做，父亲也就是这样做。［7］

生物为了保存生命，必须摄取食物，为了延续生命，必须与配偶生儿育女，这是自然的规律，父母对子女也就没有“恩”了。鲁迅要求“觉醒”的父母，能够做到：

了解夫妇是伴侣，是共同劳动者，又是新生命创造者的意义。所生的子女，固然是受领新生命的人，但他也不永久占领，将来还要交付子女，象他们的父母一般。[8]

父母与子女间虽然没有什么“恩”，但却有“爱”，这是自然界给与生命的一种天性。在生物进化的过程中，后起的生命比以前的“更有意义，更近完全”，因此父母应该爱护子女，甚至为子女而牺牲自己。鲁迅认为人类社会应以“幼者弱者为本位”，那才合乎生物学的真理，因此鲁迅主张觉醒的父母应该这样对待子女：

义务思想须加多，而权利思想却大可切实核减，以准备改作幼者本位的道德。况且幼者受了权利，也并非永久占有，将来还要对于他们的幼者，仍尽义务。[9]

鲁迅郑重提出他的“以幼者为本位”的儿童教育观，其要点有三：

开宗第一，便是理解。往昔的欧人对于孩子的误解，是以为成人的预备；中国人的误解，是以为缩小的成人。直到近来，经过许多学者的研究，才知道孩子的世界，与成人截然不同；倘不先行理解，一味蛮做，便大碍于孩子的发达。所以一切设施，都应该以孩子为本位……第二，便是指导。时势既有改变，生活也必须进化；所以后起的人物，一定尤异于前，决不能用同一模型，无理嵌定。长者须是指导者协商者，却不该是命令者。不但不该责幼者供奉自己；而且还须用全副精神，专为他们自己，养成他们有耐劳作的体力，纯洁高尚的道德，广博自由能容纳新潮流的精神，也就是能在世界新潮流中游泳，不被淹没的力量。第三，便是解放。子女是即我非我的人，但既已分立，也便是人类中的人。因为即我，所以更应该尽教育的义务，交给他们自立的能力；因为非我，所以也应因时解放，全部为他们自己所有，成一个独立的人。[10]

鲁迅的这种“以幼者为本位”的新观念，对当时的儿童教育有重大的影响。鲁迅的儿童文学理论正是建立在这个基础上的。

二
理论要点述评

1. 儿童本位

鲁迅曾说过“将来是子孙的时代”[11]，儿童的命运也就是国家和民族未来的命运，只有让儿童从小接受良好的教育，国家和民族才有前途和希望。为了教育好儿童，鲁迅特别重视儿童文学。他把儿童文学看作儿童教育的重要工具。他的儿童文学观也是以儿童为本位的。

以儿童为本位的儿童文学是在对儿童有正确的认识后产生的。儿童并不是缩小的成人，因此，儿童读物应与成人读物不同。

韦苇在《世界儿童文学史概述》中说中国现代儿童文学是由翻译外国儿童文学开始的：

中国的儿童文学真正起步，或者现代意义上的儿童文学的起步，是在本世纪20年代前后译风大开之后。译风一开，中国于是知道外国有伊索、格林、凡尔纳，有鲁滨孙和阿里巴巴。那时候，中国现代儿童文学的先驱者孙毓修编纂的《童话》丛书、《少年丛书》中就收了许多译写的外国儿童文学作品。[12]

然而，中国人之重视儿童应在鲁迅高呼“救救孩子”的口号之后。于是，有不少作家翻译外国儿童文学作品，再创作具有中国特色的现代儿童文学。所谓现代儿童文学，便是以儿童为本位的文学。

2. 儿童心理

鲁迅没有写过有关儿童文学的专著。他的儿童文学理论散见于一些随笔、杂感、散文、日记、书信和序文中。1936年3月，鲁迅在给杨晋豪的信中这样说：

关于少年读物，诚然是一个大问题；偶然看到一点印出来的东西，内容和文章，都没有生气，受了这样的教育，少年的前途可想。

不过改进需要专家，一切几乎都得从新来一下。我向来没有研究儿童文学，曾有一两本童话，那是为了插图，买来玩玩的，《表》即其一。[13]

鲁迅虽然并非研究儿童文学的专家，但他很重视儿童教育。从1909年到1926年，鲁迅都是在从事教育工作，这是他一生中很重要的一个时期。1909年8月，鲁迅从日本回国后，任杭州浙江两级师范学堂的教员，教初级师范的化学、优级（高级）师范的生理卫生学，兼任博物学（动物、植物、矿学），并当日文教师的翻译。1910年暑假回到家乡绍兴府中学堂做监学（教务长），兼任博物学、生理卫生学教员。[14] 辛亥革命后，鲁迅改任山会初级师范学堂（1912年初改称绍兴师范学校）监督。[15] 从1912年3月至1926年8月，鲁迅在北京教育部任职，最初被任为社会教育司第二科科长，不久改任佥事，负责文物、图书、美术等工作。[16]

鲁迅早期在北京教育部工作时，曾经翻译了两篇有关儿童教育心理的论文：其一为日本上野阳一作的《儿童之好奇心》，载于1913年11月教育部《编纂处月刊》第一卷第十册［17］；其二为日本高岛平三郎作的《儿童观念界之研究》，发表于1915年3月教育部社会教育司编《全国儿童艺术展览会纪要》中，这是一篇通过绘画试验研究儿童心理的文章［18］。

正因为鲁迅熟悉儿童心理，所以，站在儿童的立场来批评当时的儿童读物。当时，除了鲁迅，根本没有人注意儿童文学的评论工作。他在《新秋杂识》中说：

> 经济的彫敝，使出版界不肯印行大部的学术文艺书籍，不是教科书，便是儿童书，黄河决口似的向孩子们滚过去。但那里面讲的是什么呢？要将我们的孩子们造成什么东西呢？却还没有看见战斗的批评家论及，似乎已经不大有人注意将来了。［19］

鲁迅认为批评家的任务应该是：

> 打掉毒害小儿的药饵，打掉陷没将来的阴谋：这才是人的战士的任务。［20］

二十世纪三十年代，儿童读物中有画本一类，鲁迅在《上海的儿童》（1933年8月12日）一文中这样批评说：

现在总算中国也有印给儿童看的画本了，其中的主角自然是儿童，然而画中人物，大抵倘不是带着横暴冥顽的气味，甚而至于流氓模样的，过度的恶作剧的顽童，就是钩头耸背，低眉顺眼，一副死板板的脸相的所谓“好孩子”。这虽然由于画家本领的欠缺，但也是取儿童为范本的，而从此又以作供给儿童仿效的范本。我们试一看别国的儿童画罢，英国沉着，德国粗豪，俄国雄厚，法国漂亮，日本聪明，都没有一点中国似的衰惫的气象。观民风是不但可以由诗文，也可以由图画，而且可以由不为人们所重的儿童画的。[21]

这类读物当然没有教育意义，所以，鲁迅颇感叹地说：

我们的新人物，讲恋爱，讲小家庭，讲自立，讲享乐了，但很少有人为儿女提出家庭教育的问题，学校教育的问题，社会改革的问题。[22]

鲁迅从当时出版的儿童画本，看到中国儿童的衰惫相，反映出中国儿童的问题，实是家庭教育、学校教育和社会改革的问题。他的观察敏锐，批评深刻。

3. 语言

1926年5月，鲁迅在《二十四孝图》一文中，猛烈抨击"一切反对白话，妨害白话者"，因为他们不使儿童享有可以读得懂的读物。他说：

> 自从所谓"文学革命"以来，供给孩子的书籍，和欧、美、日本的一比较，虽然很可怜，但总算有图有说，只要能读下去，就可以懂得的了。可是一班别有心肠的人们，便竭力来阻遏它，要使孩子的世界中，没有一丝乐趣。[23]

鲁迅在文中"诅咒一切反对白话，妨害白话者"。他自己童年时曾经身受无书可读的痛苦，因此有切肤之痛。他说：

> 每看见小学生欢天喜地地看着一本粗拙的《儿童世界》之类，另想到别国的儿童用书的精美，自然要觉得中国儿童的可怜。但回忆起我和我的同窗小友的童年，却不能不以为他幸福，给我们的永逝的韶光一个悲哀的吊唁。我们那时有什么可

看呢，只要略有图画的本子，就要被塾师，就是当时的“引导青年的前辈”禁止，呵斥，甚而至于打手心。我的小同学因为专读“人之初性本善”读得要枯燥而死了，只好偷偷地翻开第一叶，看那题着“文星高照”四个字的恶鬼一般的魁星像，来满足他幼稚的爱美的天性。昨天看这个，今天也看这个，然而他们的眼睛里还闪出苏醒和欢喜的光辉来。[24]

鲁迅认为儿童文学不但要用白话来写，使儿童易懂，内容也要有趣味，不和时代脱节。1935年，他在《表》的“译者的话”里这样说：

看现在新印出来的儿童书，依然是司马温公敲水缸，依然是岳武穆王脊梁上刺字；甚而至于“仙人下棋”，“山中方七日，世上已千年”；还有《龙文鞭影》里的故事的白话译。这些故事的出世的时候，岂但儿童们的父母还没有出世呢，连高祖父母也没有出世，那么，那“有益”和“有味”之处，也就可想而知了。[25]

儿童文学的读者当然是儿童。依据小读者的心理特征和智力发展来创作，使作品能引起儿童的阅读趣味和易于理解。鲁迅除了抨击二十世纪二三十年代出版的儿童读物内容陈腐和印刷低劣外，他还主张为儿童写作应该注意儿童的特点，尽量接近儿童、认识儿童。

鲁迅在《“看图识字”》一文中慨叹当时的“儿童文学家”已经“忘却了自己曾为孩子时候的情形了”，因此把儿童“看作一个蠢才，什么都不放在眼里”，所以出版的儿童读物都是“色彩恶浊”，“图画死板”，内容“奄奄无生气”。[26] 他认为作家应先进入孩子的世界，认识孩子是和成人不同的。他说：

凡一个人，即使到了中年以至暮年，倘一和孩子接近，便会踏进久经忘却了的孩子世界的边疆去，想到月亮怎么会跟着人走，星星究竟是怎么嵌在天空中。但孩子在他的世界里，是好象鱼之在水，游泳自如，忘其所以的，成人却有如人的凫水一样，虽然也觉到水的柔滑和清凉，不过总不免吃力，为难，非上陆不可了。[27]

鲁迅又说：

孩子是可以敬服的，他常常想到星月以上的境界，想到地面下的情形，想到花卉的用处，想到昆虫的言语；他想飞上天空，他想潜入蚁穴……所以给儿童看的图书就必须十分慎重，做起来也十分烦难。[28]

儿童天生有极丰富的想像力，爱幻想，这是成人所缺少的。鲁迅认为幻想是儿童生活的一部分，因此，童话这种重在幻想的文体，对儿童是有益而无害的。他所翻译的儿童文学作品中，也以童话为最多。

至于儿童文学作品的语言问题，鲁迅认为作家应该向孩子学习语言，他说：

孩子们常常给我好教训，其一是学话。他们学话的时候，没有教师，没有语法教科书，没有字典，只是不断的听取，记住，分析，比较，终于懂得每个词的意义，到得两三岁，普通的简单的话就大概能够懂，而且能够说了，也不大有错误。小孩子往往喜欢听人谈天，更喜欢陪客，那大目的，固然在于一同吃点心，但也为了爱热闹，尤其是在研究别人的言语，看有什么对于自己有关系——能懂，该问，或可取的。[29]

鲁迅说他自己写作时，为了使读者易懂，不采用“冷僻字”。他说：

说是白话文应该“明白如话”，已经要算唱厌了的老调了，但其实，现在的许多白话文却连“明白如话”也没有做到。倘要明白，我以为第一是在作者先把似识非识的字放弃，从活人的嘴上，采取有生命的词汇，搬到纸上来；也就是学学孩子，只说些自己的确能懂的话。[30]

鲁迅在开始写小说时，便坚持文字一定要顺口和易懂，他在《我怎么做起小说来》一文中回忆说：

……所以我力避行文的唠叨，只要觉得够将意思传给别人了，就宁可什么陪衬拖带也没有。中国旧戏上，没有背景，新年卖给孩子看的花纸上，只有主要的几个人（但现在的花纸却多有背景了），我深信对于我的目的，这方法是适宜的，所以我不去描写风月，对话也决不说到一大篇。

我做完之后，总要看两遍，自己觉得拗口的，就增删几个字，一定要它读得顺口；没有相宜的白话，宁可引古语，希望总有人会懂，只有自己懂得或连自己也不懂的生造出来的字句，是不大用的。[31]

鲁迅在翻译儿童文学作品时，也是遵守显浅易懂这个原则的。1935年1月，他译完苏联班台莱耶夫的儿童小说《表》，为了使小读者看得懂，他极力不用难字。

他说：

……想不用什么难字，给十岁上下的孩子们也可以看。但是，一开译，可就立刻碰到了钉子了，孩子的话，我知道得太少，不够达出原文的意思来，因此仍然译得不三不四。[32]

鲁迅是从1月1日开始着手翻译《表》的，他在1月4日写给萧军和萧红的信里就提到了不用难字的困难：

新年三天，译了六千字童话，想不用难字，话也就比较的容易懂，不料竟比古文还难，每天弄到半夜，睡了还做乱梦，那里还会记得妈妈，跑到北平去呢？[33]

4. 题材

鲁迅心目中的中国新一代的儿童是这样的：

……有耐劳作的体力，纯洁高尚的道德，广博自由能容纳新潮流的精神，也就是能在世界新潮流中游泳，不被淹没的力量。[34]

儿童文学便应向着这个目标，把儿童培养成“以新的眼睛和新的耳朵，来观察动物、植物和人类的世界者”[35]，并且“使他向着变化不停的新世界，不断的发荣滋长的”[36]。因此儿童读物的内容应有所革新，不能一味向儿童灌输传统的封建道德思想。鲁迅以自己童年时候所看的《二十四孝图》为例，指出书中所列举的二十四个孝例，完全脱离现实生活，儿童看了，非但不能引起共鸣，反而产生强烈的反感。鲁迅自己便十分不喜欢《老莱娱亲》和《郭巨埋儿》这两则故事。[37]

儿童文学作者应从现实生活中选择与儿童生活有关的题材，反映时代的精神和面貌。鲁迅翻译《表》的目的之一，正是“要将这样的崭新的童话，绍介一点进中国来，以供孩子们的父母、师长，以及教育家、童话作家来参考”[38]。

鲁迅认为创作是可贵的。作者应该不断发掘新题材，他特别欣赏叶绍钧的《稻草人》，说“是给中国的童话开了一条自己创作的路的”。

在《〈勇敢的约翰〉校后记》里，鲁迅又说：

但是，现在倘有新作的童话，我想，恐怕未必再讲封王拜相的故事了。[39]

鲁迅认为新时代的儿童用新的眼睛来观察事物，儿童文学作者必须给他们创作新的作品。

其次，儿童文学的题材应当多样化，因为儿童的求知欲旺盛，兴趣广泛，为了满足他们的好奇心，扩阔他们的视野，儿童读物应该从多方面取材。鲁迅翻译童话《小约翰》的一个原因便是因为他很欣赏作者的“博识和敏感”。他说：

> 其中如金虫的生平，菌类的言行，火萤的理想，蚂蚁的平和论，都是实际和幻想的混合。[40]

《小约翰》取材自生物界现象，鲁迅说书中的“荷兰海边的沙冈风景，单就本书所描写，已足令人神往了”[41]。书中有不少动植物的名字，使鲁迅在翻译时遇到不少困难，那是因为“我们和自然一向太疏远了，即使查出了见于书上的名，也不知道实物是怎样”[42]。因此，为儿童写作若要取材广博，作者必须首先要有广博的学识，而“博识”则是来自“致密的观察”。鲁迅在他翻译的童话《小彼得》的《序言》中就称赞作者“致密的观察，

鲁迅翻译的《小约翰》（未名社印行“未名丛刊”之一，1928年版）书影

小彼得

匈牙利·H·至爾·妙倫·著

德國·喬治·格羅斯·畫

許霞譯

一九二九

春潮書局印行

《小彼得》(春潮书局1929年版),鲁迅为此书作序,该故事译者许霞即许广平,鲁迅亦参与文本校改

坚实的文章”，而故事的背景是煤矿、森林、玻璃厂、染色厂，取材自劳动孩子的现实生活。[43]

儿童文学不应该只是纯文学的读物，还应该包括知识性的读物，鲁迅曾经大力倡导青少年儿童阅读科学性的读物。1927年7月16日鲁迅在广州知用中学以《读书杂谈》为题的演讲中曾这样说：

……应做的功课已完而有余暇，大可以看看各样的书，即使和本业毫不相干的，也要泛览，譬如学理科的，偏看看文学书，学文学的，偏看看科学书，看看别个在那里研究的，究竟是怎么一回事。这样子，对于别人，别事，可以有更深的了解。[44]

此前在1925年，鲁迅便已注意到青少年可看的科学读物十分缺乏，他希望中国的科学家也为儿童写作。他在写给徐炳昶的信里这样说：

单为在校的青年计，可看的书报实在太缺乏了，我觉得至少还该有一种通俗的科学杂志，要浅显而且有趣的。可惜中国现在的科学家不大做文章，有做的，也过于高深，于是就很枯燥。现在要Brehm的讲动物生活，Fabre的讲昆虫故事似的有趣，并且插许多图画的；但这非有一个大书店担任即不能印。至于作文者，我以为只要科学家肯放低手眼，再看看文艺书，就够了。[45]

其实早在1903年和1906年，当鲁迅还在日本留学时，他已先后把法国凡尔纳（Jules Verne，1828—1905）的《月界旅行》（*From the Earth to the Moon*）和《地底旅行》（A *Journey to the Centre of the Earth*）翻译成中文。鲁迅把科学小说（Science Fiction）译介到中国来，目的是倡导通过文艺的形式，用“浅显而且有趣”的方法向小读者介绍科学的知识，另一方面也鼓励儿童文学作者选取科学题材，为儿童创作科学读物。有关鲁迅与科学小说的翻译和推介，详见本书第五章第四节。

5. 插画

中国的儿童读物，向来就不注重插图。直到今天，仍然少有专门研究儿童读物插画的专业论著。可是早在二十世纪二十年代，鲁迅已经注意到这个问题。儿童喜爱图画，有时还因为图画才去看文字。他在《致孟十还》

的信里这样说：

> ……欢迎插图是一向如此的，记得十九世纪末，绘图的《聊斋志异》出版，许多人都买来看，非常高兴的。而且有些孩子，还因为图画，才去看文章，所以我以为插图不但有趣，且亦有益。[46]

插画除了引起读者的阅读兴趣外，还可补充文字之不足，帮助读者明白书中的内容。鲁迅在《“连环图画”辩护》一文中说：

> 书籍的插画，原意是在装饰书籍，增加读者的兴趣的，但那力量，能补助文字之所不及，所以也是一种宣传画。这种画的幅数极多的时候，即能只靠图像，悟到文字的内容，和文字一分开，也就成了独立的连环图画。[47]

儿童读物插画不但要富趣味性，而且必须与文字互相配合，互相补充。1934年，鲁迅给他的孩子买了一本民国二十一年（1932）出版的《看图识字》，对里面的插图便甚不以为然：

> 先是那色彩就多么恶浊，但这且不管他。图画又多么死

板，这且也不管他。出版处虽然是上海，然而奇怪，图上有蜡烛，有洋灯，却没有电灯；有朝靴，有三镶云头鞋，却没有皮鞋。跪着放枪的，一脚拖地；站着射箭的，两臂不平，他们将永远不能达到目的，更坏的是连钓竿、风车、布机之类，也和实物有些不同。[48]

作插画的人必须“熟悉他所画的东西，一个‘萝卜’，一只鸡，在他的记忆里并不含胡，画起来当然就切实”[49]。当然，画家得先能够维持生活，才“有余力去买参考书，观察事物，修炼本领”[50]。所以，鲁迅又说：

……所以给儿童看的图书就必须十分慎重，做起来也十分烦难。即如《看图识字》这两本小书，就天文、地理、人事、物情，无所不有。其实是，倘不是对于上至宇宙之大，下至苍蝇之微，都有些切实知识的画家，决难胜任的。[51]

鲁迅在看了吴友如画的《女二十四孝图》和《后二十四孝图说》后说：

吴友如画的最细巧，也最能引动人。但他于历史画其实是不大相宜的；他久居上海的租界里，耳濡目染，最擅长的倒在作“恶鸨虐妓”，“流氓拆梢”一类的时事画，那真是勃勃有生气，令人在纸上看出上海的洋场来。但影响殊不佳，近来许多小说和儿童读物的插画中，往往将一切女性画成妓女样，一切孩童都画得象一个小流氓，大半就因为太看了他的画本的缘故。[52]

他后来在社会科学研究会演讲《上海文艺之一瞥》时，又批评吴友如的画：

在这之前，早已出现了一种画报，名目就叫《点石斋画报》，是吴友如主笔的，神仙人物，内外新闻，无所不画，但对于外国事情，他很不明白，例如画战舰罢，是一只商船，而舱面上摆着野战炮；画决斗则两个穿礼服的军人在客厅里拔长刀相击，至于将花瓶也打落跌碎。然而他画“老鸨虐妓”，“流氓拆梢”之类，却实在画得很好的，我想，这是因为他看得太多了的缘故；就是在现在，我们在上海也常常看到和他所画一般的脸孔。这画报的势力，当时是很大的，流行各省，算是要知道“时务”——这名称在那时就如现在之所谓“新学”——的人们的耳目。前几年又翻印了，叫作《吴友如墨宝》，而影响到后来也实在利害，小说上的绣像不必说了，就是在教科书的插画上，也常常看见所画的孩子大抵是歪戴帽，斜视眼，满脸横肉，一副流氓气。[53]

鲁迅批评吴友如的插画，固然是因为他的画流传广、影响大，但从中可以看出插画家只能画他熟悉的事物，否则画出来的东西便不真实；此外，插画可以对社会产生很大的影响，插画家必须善用，以避免对儿童产生不良的影响。

三
影响

鲁迅的儿童文学理论对中国儿童文学的发展有重大影响。郭沫若（1892—1978）、郑振铎（1898—1958），茅盾（1896—1981）及陈伯吹（1906—1997）等人都曾受了鲁迅的影响。可以说，鲁迅一人既推动了中国儿童文学的发展，也影响了后来的儿童文学工作者。

鲁迅的《狂人日记》发表于1918年5月，《我们现在怎样做父亲》发表于1919年11月，而郭沫若的《儿童文学之管见》则发表于1921年1月。当时一般人对于儿童文学还有不少误解。为了澄清这些错误的观念，郭沫若特别在文中说明儿童文学应具备的本质。他开宗明义就指明是“儿童本位的文字”，他说：

儿童文学，无论采用何种形式（童话，童谣，剧曲），是用儿童本位的文字，由儿童的感官以直愬于其精神堂奥，唯依儿童心理的创造性的想像与感情之艺术。儿童文学其重感情与想像二者，大抵与诗的性质相同；其所不同者特以儿童心理为主体，以儿童智力为标准而已。纯真的儿童文学家必同时是纯真的诗人，而诗人则不必人人能为儿童文学。故就创作方面言，必熟悉儿童心理或赤子之心未失的人，如化身而为婴儿自由地表现其感情与想像；就鉴赏方面而言，必使儿童感识之之时，如出自自家心坎，于不识不知之间而与之起浑然化一的作用。能依据儿童心理而不用儿童本位的文字以表现，不能起此浑化作用。仅用儿童本位的文字以表示成人的心理，亦不能起此浑化作用。儿童与成人，在生理上与心理上的状态，相差甚远。儿童身体决不是成人的缩影，成人心理也决不是儿童之放大。创作儿童文学者，必先体会儿童心理，犹之绘画雕塑家必先研究美术的解剖学。[54]

1943年2月，郭沫若再以《本质的文学》为题，指出儿童文学的读者是儿童，为儿童写作的人一定要能够表达儿童的心理。他说：

儿童文学自然是以儿童为对象，而使儿童能够看得懂，至少是听得懂的东西。要使儿童听得懂，自然要写得很浅显。这就是一件不容易的事。不过这还不算顶不容易的。顶不容易的是在以浅显的言语表达深醇的情绪，而使儿童感觉兴趣，受到教育。……

儿童文学的难处就在这儿，要你能够表达儿童的心理，创造儿童的世界，这本质上就是很纯很美的文学。[55]

郭沫若认为成人爱儿童，应从“儿童本位”出发，而文学家为儿童写作，也必须具备“儿童的心”：

人人差不多都是爱好儿童的，但爱好的心也差不多都是自我本位，而不是儿童本位。……

中国在目前自然是应该提倡儿童文学的，但由儿童来写则仅有“儿童”，由普通文学家来写也恐怕只有“文学”，总要具有儿童的心和文学的本领的人然后才能胜任。[56]

1955年9月郭沫若在《请为少年儿童写作》一文中，呼吁中国作家应该重视儿童和儿童文学，并且为儿童写作。他说：

事实上儿童文学是最难做好的东西。我是在这样想的：一个人要在精神上比较没有渣滓，才能做得出好的儿童文学。……

要做好儿童文学，有必要努力恢复我们自己的少年儿童时代的活泼纯洁的精神，并努力向今天的少年儿童的生活作深入的体会。[57]

郭沫若还强调儿童文学作品的内容“要有相应的科学知识的基础”，才能“收到所企图的应有的教育意义”。他也提倡“反映新的现实，适合新时代要求的儿童文学的创作”。[58]

邓牛顿和匡寿祥认为郭沫若和鲁迅的儿童文学观都同样是以儿童为本位的：

这同鲁迅曾经说过的，“一切设施，都应该以孩子为本位”的主张，在精神上是完全一致的（《坟·我们现在怎样做父亲》），只有承认儿童的独特的心理活动特征，重视儿童文艺在反映内容和表现形式上的特点，才有可能使儿童文艺作品为孩子们所容易理解和乐于接受。早在半个世纪以前，郭老发表的这些关于儿童文学创作的见解，在今天仍然具有指导意义。[59]

彭斯远也有这样的看法。他说：

在郭氏看来，儿童文学对孩子显然具有思想教育的功能，但作品却不应该成为枯燥的说教和训斥，儿童文学运用的语言，当然应该通俗生动，易于理解，但却不能把它降低为未经提炼的“平板浅薄”的所谓“口水话”；儿童文学当然要体现孩子的丰富想像，但也不能把童心的幻想力堕落为妖怪鬼神的呼风唤雨，兴涛作浪。这样，作者就把儿童文学在艺术表现上必备的某些特点与体现这些特点时可能产生的弊病加以区别，同时在此基础上，指出了儿童文学的实质应是以儿童为“本位”的。所谓“本位”，就是根本、核心或出发点的意思。即是说，儿童文学应以儿童为服务对象，以小读者的心理特征和智力发展所决定了的儿童理解力为创作出发点。“儿童本位”的观点，强调了儿童文学服务于儿童，强调了孩子对于儿童文学所起的制约作用。毫无疑问，这一观点是完全正确的。它的深刻含义在于既点明了儿童文学的创作目的和社会功能，也触及到它的题材范围和艺术特征。作者能在二十年代初期明确地提出此种看法，这对推动我国儿童文学的创作和理论探讨，应该说是起了积极作用的。[60]

郑振铎的儿童文学观也是以儿童为本位的。他在《儿童读物的问题》一文中说：

……为了适合于儿童的年龄与智慧，情绪的发展的程序，他的“读物”，精神上的粮食，也是不能完全相同的。

更重要的是，儿童的“读物”和成人的读物并不会是完全相同的。

把成人的“读物”全盘的喂给了儿童，那是不合理的，即把它们“缩小”了给儿童，也还是不合理的。

我们应该明白儿童并不是“缩小”的成人。……

凡是儿童读物，必须以儿童为本位。要顺应了儿童的智慧和情绪的发展的程序而给他以最适当的读物。

这个原则恐怕是打不破的。[61]

郑振铎批评当时新出版的儿童读物，都是“缩小”了的成人的读物。他认为神话、传说、神仙故事、小说等，不能“全都搬给了近代的儿童去读”，必须加以“谨慎的选择”。[62] 最后，郑振铎也以鲁迅“救救孩子”的口号呼吁说：

儿童比成人得更当心的保养。关于儿童读物的刊行，自然得比一般读物的刊行更要小心谨慎。

“救救孩子罢！”[63]

此前在1921年12月，郑振铎在《儿童世界宣言》里，便说过他的编辑宗旨是教育儿童，特别注重儿童文学的趣味性。他列举的三个宗旨是：

（一）使它适宜于儿童的地方的及其本能的兴趣及爱好；

（二）养成并且指导这种兴趣及爱好；

（三）唤起儿童已失的兴趣与爱好。[64]

虽然郑振铎参考了美国麦克林托克（P. L. Maclintock）[65]的说法，但他注重儿童特点和趣味性的主张也是和鲁迅相同的。

在《儿童世界》出版了26期后，郑振铎从第三卷第一期开始把编辑方针稍作修改，使杂志更加切合儿童的需要和更富趣味性。并重申《儿童世界》的宗旨：

……一方面固是力求适应我们的儿童的一切需要，在别一方面却决不迎合现在社会的——儿童的与儿童父母的——心理。我们深觉得我们的工作，决不应该“迎合”儿童的劣等嗜好，与一般家庭的旧习惯，而应当本着我们的理想，种下新的形象，新的儿童生活的种子，在儿童乃至儿童父母的心里。因此纯粹的中国故事，我们是十分谨慎的采用的。有许多流行于中国各地的故事是“非儿童的”，是“不健全的”。[66]

郑振铎的主张也正与鲁迅相同，正如盛巽昌在《郑振铎和儿童文学》一文中所说的：

儿童文学理论，早皆有之，郑振铎以自己的工作实践，正确地提出了它的对象、方法和任务；他立足于“救救孩子”，正视现实的世界，盼望通过新生一代的教育，使社会变得美好，从贫困、愚昧中摆脱出来。[67]

郑振铎可说是鲁迅的儿童文学理论实践者。这可以从他主编的《儿童世界》看出来：

一九二二年一月，郑振铎主编商务印书馆编译所《儿童世界》，为了使它适应十岁左右的儿童心理，在他主持的一年间，曾多次革新，使内容时时进步，“本刊的内容，几乎时时刻刻都在改良之中，所以一期出版总比前一期不同”（《儿童世界》第三卷第四期）。郑振铎有一颗纯洁的童心，“由于爱好他的同伴，‘大孩子’爱好小孩子，所以贡献这些实物于他们”（叶圣陶：《天鹅序二》）。他尤其关切低幼儿童的精神滋补，为此做了一系列的改变，该刊第一卷多为童话、故事，后几卷就增添了劳作、游戏、戏剧；原先的珍奇动植物照片代替以彩色生活画；长篇作品减少了，图画故事增多了，甚至若干画面，不用文字说明也能猜摸，图文并茂，相映成辉。[68]

郑振铎主编的《儿童世界》对中国儿童文学的发展影响重大。盛巽昌说：

《儿童世界》在郑振铎主持期间，发行全国三十一个城市以及新加坡、日本诸地，达到儿童刊物从未有过的繁荣局面。它的长处和特色，至今仍能为我们学习和借鉴的。[69]

《儿童世界》创办于1922年，甚为小读者欢迎，这跟振铎的以“儿童本位”的编辑方针，当然是关系密切的。

陈伯吹也是主张“儿童本位”的。1959年，他在《谈儿童文学工作中的几个问题》一文中谈到编辑审稿的工作时说：

儿童文学作品既然和成人文学作品同属于一个范畴的两个分野，尽管真正好的儿童文学作品成年人也喜爱读，并且世界上也不缺乏好的成人文学作品同样适用于儿童而列入儿童文学，然而由于它的特定的读者对象的关系，究竟具有它自己的特点。因此，编辑同志在审稿的时候，应该注意到它虽然也是文学作品，而在某些地方必须分别对待，甚至应该有另外一种尺度去衡量，可惜事实上并不能如此。一般来说，编辑同志在不知不觉间，有意无意地把它们等同起来看，这种主观主义的“一视同仁”式的看法，难保不错误地“割爱”了较好的作品。虽然这种错误是谁也难以完全避免的。然而如果能够“儿童本位”一些，可能发掘出来的作品会更加多一些。如果审读儿童文学作品不从“儿童观点”出发，不在“儿童情趣”上体会，不怀着一颗“童心”去欣赏鉴别，一定会有“沧海遗珠”的遗憾；而被发表和被出版的作品，很可能得到成年人的同声赞美，而真正的小读者未必感到有兴趣。这在目前小学校里的老师们颇多有这样的体会。这没有什么奇怪，因为它们是成人的儿童文学作品啊！［70］

在另一篇文章《谈儿童文学创作上的几个问题》中，陈伯吹又提出了儿童文学的“特殊性”问题，强调儿童文学的“特点”，和成人文学应有所区别。他说：

> 儿童文学的特殊性是在于具有教育的方向性，首先是照顾儿童年龄的特征。说明白些，是要求了解儿童的心理状态，他们的好奇、求知、思想、感情、意志、行动、注意力和兴趣等等的成长过程。……
>
> 谁也明白这个道理：学龄前的幼童，小学校的低年级、中年级、高年级生，以及中学校的初中生，因为他们的年龄不同，也就是他们的心理、生理的成长和发展不同，形成思想观念和掌握科技知识也是在不同的阶段上，儿童文学作品必须在客观上和它的读者对象的主观条件相适应，这才算是真正的儿童文学作品。……
>
> 因此，怎样明确地、深刻地理解儿童文学的特殊性，对我们儿童文学工作者来说，是极端必要的，并且是有益的。[71]

儿童文学作家必须首先认识到儿童文学的特殊性，才能创作出“儿童本位”的作品。因此，陈伯吹说：

一个有成就的作家，能够和儿童站在一起，善于从儿童的角度出发，以儿童的耳朵去听，以儿童的眼睛去看，特别以儿童的心灵去体会，就必然会写出儿童所看得懂、喜欢看的作品来。作家既然是“人类灵魂的工程师”，当然比儿童站得高、听得清、看得远、观察得精确，所以作品里必然还会带来那新鲜的和进步的东西，这就是儿童精神粮食中的美味和营养。[72]

陈伯吹所说的“儿童观点”、“儿童情趣”、“童心”和“特殊性”等，大抵与鲁迅的理论是相同的。鲁迅的儿童文学观源自他的儿童教育观，而陈伯吹的儿童文学观，也是着重在教育的。他本身也是一位教育工作者。

1980年陈伯吹写了一篇《蹩脚的“自画像”》，述说他从事儿童文学五十多年的经过。他的创作和教育工作是互相配合的：

……我学写儿童文学，从而热爱儿童文学，是为了孩子们，是工作上的需要，又是感情上的激发，兴趣上的满足，思想上的安慰。可以这样说：我的儿童文学工作，几乎总是伴随着我的教育工作而进行，两者密切相联系，互相配合着的。

这就是我搞儿童文学的起点。[73]

陈伯吹说他的儿童文学的观点，“往往是从教育的角度出发，因而与作家们的看法常有同中存异的分歧”[74]。

陈伯吹的理论对于二十世纪五十年代的儿童文学发展，影响重大。但是，到了1960年，中国儿童文学界进行了一场少年儿童文学的大辩论，也有人称它为少年儿童文学的两条道路的斗争，陈伯吹的“童心论”受到严厉批判。茅盾在《一九六零年少年儿童文学漫谈》一文中对这场论争评论说：

争论是从陈伯吹的“童心论”或“儿童本位论”引起来的。

陈伯吹那套理论，并非新东西，这是资产阶级儿童文学理论家鼓吹了差不多一个世纪的老调。我们都知道，资产阶级文艺理论家的拿手好戏，一向是挑起了“客观的”“超然于政治”的幌子，而柜中贩卖的，却是资产阶级的世界观，却是资本主义制度是永恒的、个人主义是神圣的等等反动思想，完全为资产阶级政治服务。在儿童文学理论上，他们的花招更巧妙、更能迷人。这花招是怎样的呢？这就是从儿童心理学搬过一些资本来，宣传儿童文学作品要服从于儿童本位、儿童情趣、儿童观点等等。事实上，隐藏在这俨然“客观”的花招之后的，还是资产阶级那批私货。特别能使人眼花撩乱的，还有这样一些情况：资产阶级的少年儿童文学作品中还夹杂着大批以民间传说和民间故事、寓言等等为基础而改写的作品，这些作品有一部分还保留着原作所有的人民性（即不为资产阶级政治服务的），而思想进步的儿童文学大师如安徒生还在他的创作中表现了批判资产阶级社会现实的精神；这些情况都掩蔽了资产阶级儿童文学理论为资产阶级政治服务的本质。陈伯吹的错误，就在于没有分析这些复杂的情况，只按照表面价值接受了“儿童本位”“儿童情趣”等等理论，认为资产阶级少年儿童文学中那些到今天还有积极意义的东西是在“儿童本位”“儿童情趣”等等理论指导之下产生的，因而误以为这些论点有科学根据，可以原封不动搬到我们这里来，因而造成了他的自相矛盾：一方面他也承认我们的少年儿童文学要为无产阶级政治服务——这个抽象的宗旨，另一方面他又用“儿童本位”“儿童情趣”的论点来否定少年儿童文学作家在创作实践或创作的具体问题（例如关于题材）上真正为无产阶级政治服务。结果，不可避免地他成为资产阶级儿童文艺理论的俘虏。[75]

茅盾认为“儿童智力发展的阶段论是一回事，儿童之超阶级论却又是一回事”。儿童由于年龄关系而产生的智力上的差别，是“自然法则”；儿童文学作家不能忽视这种“自然法则”，否则不利于儿童智力的健全发展。[76] 茅盾反对儿童超阶级论，可是却接受了儿童智力发展的阶段论。他说：

> 我们要反对资产阶级儿童文学理论家的虚伪的（因为他们自己也根本不相信）儿童超阶级论，可是我们也应当吸收他们的工作经验，——按照儿童、少年的智力发展的不同阶段，该喂奶的时候就喂奶，该搭点细粮时就搭点细粮，而不能不管三七二十一，一开头就硬塞高粱饼子。[77]

茅盾又说儿童文学作家必须“了解儿童、少年心理活动的特点”，也不是采取儿童立场：

> ……这句话，同资产阶级儿童文学理论家所啧啧称道的“作家必须自己也变成孩子”，也完全是两回事。“作家必须自己也变成孩子”这句话不但意义模糊，而且从这句话引伸出来的终点将必然是“为儿童而儿童”，即所谓“儿童立场”，肯定儿童立场即是否定阶级立场，因为没有抽象的儿童，因而这句

话是荒谬的；肯定“儿童立场”，那就是实质上放弃了儿童文学要为无产阶级政治服务的任务。但是，了解不同年龄的儿童、少年的心理活动的特点，却是必要的；而所以要了解他们的特点，就为的是要找出最适合于不同年龄儿童、少年的不同的表现方式。在这里，题材不成问题，主要是看你用的是怎样的表现方式。你心目中的小读者是学龄前儿童呢，还是低年级儿童，还是十三、四岁的少年，你就得考虑，怎样的表现方式最有效，最有吸引力；同时，而且当然，你就得在你们的作品中尽量使用你的小读者们会感到亲切、生动、富于形象性的语言，而努力避免那些干巴巴的，有点像某些报告中所用的语言。[78]

1979年12月，茅盾在《少儿文学的春天到来了!》一文中说到1960年前后出版的少年儿童文学作品时说：

一九六零年前后的少年儿童读物最普遍的题材是少先队员支援工、农业和先进生产者的故事，其次为革命历史题材。这些题材当然是重要的，问题是这些作品政治性强而文采不足，故事中的主角虽说是八、九岁最多十一、二岁，但思想、感情、动作，宛然是个小干部。当时的少年儿童文学作品，绝大部分可以用五句话来概括：政治挂了帅，艺术脱了班，故事公式化，人物概念化，文字干巴巴。[79]

这现象是否正如茅盾自己所说的，是“反童心论的副作用”[80]呢？此前1979年3月茅盾在一次“儿童文学创作学习会”上，批评1949年以后的儿童文学作品，并提出应该重新评价“童心论”：

我以为繁荣儿童文学之道，首先还是解放思想，这才能使儿童文学园地来个百花齐放。

关于儿童文学的理论建设也要来个百家争鸣。过去对于“童心论”的批评也该以争鸣的方法进一步深入探索。要看看资产阶级学者的儿童心理学是否还有合理的核心，不要一棍子打倒。[81]

至此，“童心论”又可以再提了。陈伯吹在《论“童心论”》一文中更为他的“童心”辩白说：

很显然，我那写得简单，又不完善，也不深透的这一小段话（按：指前注[70]的一段话），其前提无非是重视儿童文学作品本身所具有的特点，要求编辑同志心中有儿童；尽量了解他们的心理状态，他们的身体成长，他们的思想感情和兴趣爱好，从而有可能，也有保证在大量的稿件中，选用真正为儿童喜见乐闻的作品。但绝没有要求编辑同志在任何时间里，任何工作上，都以“童心”为主，一以贯之地以此去思考问题，处理业务，甚至在政治生活，文化生活以及日常生活中，听凭“童心”主宰一切。这完全看得出来，我丝毫也没有这样的意图。

简单些说，我主观上只是认为作为担负起儿童文学这一特定工作的编辑同志，能以具有思想感情的“童心”，作用于编辑工作上，才有可能比较深刻的理解，正确的选择，为广大的小读者们提供良好的精神粮食。这些话中的“童心”，不是目的，只是手段，从属于方法的范畴，不属于原则论的领域，不能把方法当作原理原则来批。[82]

其实陈伯吹的儿童文学观是深受鲁迅影响的。他年轻的时候喜欢读鲁迅的杂文、郭沫若的小说，以及刘大白、闻一多、徐志摩的诗，受到他们的影响，因此也写过爱情小说和爱情诗。[83] 郑振铎更鼓励他从事儿童文学创作。[84] 陈伯吹虽然对鲁迅仰慕已久，可是直到1936年早春，才有机会见面，并且和鲁迅谈论儿童文学的问题。陈伯吹回忆当时的情形说：

他老人家在评价儿童文学作品时，不仅重视作品对儿童的教养，也还注意到文艺为政治服务的作用，当时的“科学救国”论实在是救不了国的。[85]

陈伯吹在为他的“童心论”辩护时，也引鲁迅为同道。他说：

伟大的革命家，思想家，文学家的鲁迅先生，他老人家就在《爱罗先珂童话集·序》中这样写道：“……而我所展开他来的是童心的，美的，然而有其真实性的梦。……但是我愿意作者不要出离童心的美梦，而且还要招呼人们进向这梦中，看完了真实的虹，我们不至于是梦游者。”

鲁迅先生并不讳言诗人、作家有“童心”，而且赞美着要有童心，并且还要招呼人们能进向童心的梦。不知道这些话（其涵义深远，岂仅童心已焉）算不算“童心论”？也不知道有没有人敢于祭起这顶帽子？

这位可敬爱的当年中国的文坛主将，在翻译完了那位盲诗人的《狭的笼》以后，在《附记》中，进一步地这样写着：“我掩卷之后，深感谢人类中有这样的不失赤子之心的人与著作。”

不知道有没有人会说：“这是在宣扬‘童心论’了！”……

“凡一个人，即使到了中年以至暮年，倘一和孩子接近，便会踏进久经忘却了的孩子世界的边疆去，想到月亮怎么会跟着人走，星星究竟是怎么嵌在天空中。但孩子在他的世界里，是好象鱼之在水，游泳自如，忘其所以的，成人却有如人的凫水一样，虽然也觉到水的柔滑和清凉，不过总不免吃力，为难，非上陆不可了。”

看来鲁迅与高尔基东西方两位大文豪，他们在这个问题上，有着不约而同的共同语言吧。不知道有没有人为了他们都怀有“童心”而担忧他们倒退，没有阶级感情和无产阶级政治了，因此急不及待地大声疾呼“批判资产阶级思想的‘童心论’”了？［86］

陈伯吹又指出鲁迅是一位富有童心的作家，因此才能写出合乎儿童心理的文字。鲁迅一再强调为儿童写作的作家必须有一颗童心：

“孩子是可以敬服的，他常常想到星月以上的境界，想到地面下的情形，想到花卉的用处，想到昆虫的言语；他想飞上天空，他想潜入蚁穴……”

不怀有童心的作家，能这样“入木三分”地道出儿童的心曲来吗？

应该万分钦敬，这位为了革命文化事业而在战线上正处于“夹攻”、“围剿”中的大作家，在不断地掷出匕首，投枪的激烈紧张的战斗中，不但不忘怀孩子，而且理解孩子的心理如此细微深入。所以，是不是可以老老实实，坦坦白白地这样说，不是真正热爱孩子的作家是不会怀着童心的。没有童心或者不关心童心的作家，是会影响着他写出精彩的作品来的吧。当然，创作儿童文学作品更其如此。[87]

儿童文学是为儿童而创作的文学，和成人文学有所区别。忽视了儿童文学的特点，只能写出“成人本位”的儿童文学。陈伯吹主张儿童文学作家必须怀有童心，了解儿童文学的特点，为儿童创作他们喜爱的作品，实即鲁迅所提出来的“儿童本位”儿童文学观。鲁迅在1918年呼吁“救救孩子”，并于1919年提出“以幼者为本位”的教育观，从此中国儿童文学才逐步从“成人本位”转到“儿童本位”。同时代的作家如郭沫若、郑振铎、茅盾及陈伯吹等都深受其影响。在中国现代儿童文学的发展过程中，各有贡献，也影响了后来的儿童文学作家。

【注】（各注释文献版本详见书末所附“参考书目”）

[1] 《狂人日记》，见《呐喊》，《鲁迅全集》（1973）第1卷，第291页。
[2] 顾明远等：《鲁迅的教育思想和实践》，第82页。
[3] 《随感录·二十五》，见《热风》，《鲁迅全集》（1973）第2卷，第15页。
[4] 同上书，第15—16页。
[5] 《随感录·四十》，见《热风》，《鲁迅全集》（1973）第2卷，第41—42页。
[6] 《我们现在怎样做父亲》，见《坟》，《鲁迅全集》（1973）第1卷，第117页。原发表于1919年11月1日《新青年》第六卷第六号。
[7] 同上书，第118页。
[8] 同上书，第119页。
[9] 同上书，第120页。
[10] 同上书，第124—125页。
[11] 《随感录·五十七》，见《热风》，《鲁迅全集》（1973）第2卷，第70页。
[12] 韦苇编著：《世界儿童文学史概述》，第9—10页。
[13] 《鲁迅全集》（1982）第13卷《书信》，第325页。
[14] 上海教育出版社编：《回忆鲁迅资料辑录》，第55页。
[15] 顾明远等：《鲁迅的教育思想和实践》，第21页。
[16] 上海教育出版社编：《回忆鲁迅资料辑录》，第56页。
[17] 上海鲁迅纪念馆编：《鲁迅著译系年目录》，第24页。
[18] 顾明远等：《鲁迅的教育思想和实践》，第208页。
[19] 《新秋杂识》，见《准风月谈》，《鲁迅全集》（1973）第5卷，第315页。
[20] 同上书，第315—316页。
[21] 《上海的儿童》，见《南腔北调集》，《鲁迅全集》（1973）第5卷，

第161页。
[22] 同上。
[23]《二十四孝图》，见《朝花夕拾》，《鲁迅全集》（1973）第2卷，第360页。
[24] 同上书，第361—362页。
[25]《表·译者的话》，《鲁迅全集》（1973）第14卷，第298页。
[26]《"看图识字"》，见《且介亭杂文》，《鲁迅全集》（1973）第6卷，第42—43页。
[27] 同上书，第41页。
[28] 同上书，第43页。
[29]《人生识字胡涂始》，见《且介亭杂文二集》，《鲁迅全集》（1973）第6卷，第294页。
[30] 同上书，第296页。
[31]《我怎么做起小说来》，见《南腔北调集》，《鲁迅全集》（1973）第5卷，第108页。
[32]《表·译者的话》，《鲁迅全集》（1973）第14卷，第298页。
[33]《鲁迅全集》（1982）第13卷《书信》，第1页。
[34]《我们现在怎样做父亲》，见《坟》，《鲁迅全集》（1973）第1卷，第125页。
[35]《表·译者的话》，《鲁迅全集》（1973）第14卷，第297页。鲁迅引用槇本楠郎的日译本《金时计》上的一篇译者序言里面的内容，认为日本儿童读物的情况也可供中国参考。
[36] 同上。
[37]《二十四孝图》，见《朝花夕拾》，《鲁迅全集》（1973）第2卷，第363—367页。
[38]《表·译者的话》，《鲁迅全集》（1973）第14卷，第298页。
[39]《〈勇敢的约翰〉校后记》，见《集外集拾遗补编》，《鲁迅全集》（1982）第8卷，第315页。
[40]《小约翰·引言》，《鲁迅全集》（1973）第14卷，第7页。

[41] 同上书，第10页。

[42] 同上书，第12页。

[43]《小彼得·序言》，《鲁迅全集》（1973）第14卷，第238页。

[44]《读书杂谈》，见《而已集》，《鲁迅全集》（1973）第3卷，第426页。

[45]《通讯》，见《华盖集》，《鲁迅全集》（1973）第3卷，第31—32页。

[46]《鲁迅全集》（1982）第13卷《书信》，第134页。

[47]《“连环图画”辩护》，见《南腔北调集》，《鲁迅全集》（1973）第5卷，第41页。

[48]《“看图识字”》，见《且介亭杂文》，《鲁迅全集》（1973）第6卷，第42页。

[49] 同上。

[50] 同上。

[51] 同上书，第43页。

[52]《朝花夕拾·后记》（1927年7月11日），《鲁迅全集》（1973）第2卷，第434—436页。

[53]《上海文艺之一瞥》，见《二心集》，《鲁迅全集》（1973）第4卷，第278—279页。

[54] 邓牛顿、匡寿祥编：《郭老与儿童文学》，第39—40页。

[55] 同上书，第140页。

[56] 同上书，第141页。

[57] 同上书，第200页。

[58] 同上书，第201页。

[59] 同上书，第5页。

[60] 彭斯远：《儿童文学散论》，第56页。

[61] 郑尔康、盛巽昌编：《郑振铎和儿童文学》，第61—63页。

[62] 同上书，第62页。

[63] 同上书，第63页。

[64] 同上书，第4页。
[65] 周邦道在《儿童的文学之研究》一文中译作麦克林托克，周作人在《儿童的文学》一文中则译作麦克·林东。
[66] 郑尔康、盛巽昌编 :《郑振铎和儿童文学》，第103页。
[67] 同上书，第555页。
[68] 同上书，第572页。
[69] 同上书，第576页。
[70] 陈伯吹 :《谈儿童文学工作中的几个问题》，《儿童文学简论》，一版，第5页。原载于《儿童文学研究》第四期，1958年2月。
[71] 陈伯吹 :《谈儿童文学创作上的几个问题》，《儿童文学简论》，一版，第20—21页。原载于《文艺月报》1956年6月号。
[72] 同上书，第22页。
[73] 叶圣陶等 :《我和儿童文学》，第25页。
[74] 同上书，第33页。
[75] 孔海珠编 :《茅盾和儿童文学》，第493页。
[76] 同上书，第494页。
[77] 同上书，第495页。
[78] 同上。
[79] 同上书，第505页。
[80] 同上书，第484页。
[81] 同上书，第500—501页。
[82] 陈伯吹 :《儿童文学简论》，二版，第79—80页。
[83] 叶圣陶等 :《我和儿童文学》，第28—29页。
[84] 同上书，第30页。
[85] 同上书，第34页。
[86] 陈伯吹 :《儿童文学简论》，二版，第89—91页。
[87] 同上书，第91页。

第五章　鲁迅与科学小说

一
科学小说与儿童文学

英、美儿童文学有“科学小说”（science fiction；简称SF）这一类别的作品，国际上一般也采用这个名称。科学小说是属于现代童话（modern fantasy）中的一类。[1]

“Fantasy”一词，本义为幻想。但应用在儿童文学里，则是指小说类的作品。内容包含有超自然和非现实的元素，十分类似传统的神仙故事（fairy tale）。[2] 本书把“modern fantasy”和“traditional fairy tale”分别称为“现代童话”和“古典童话”。科学小说带有浓厚的幻想成分，因此称其为“科幻小说”也无不可。二十世纪初，中国开始从外国引进这类作品时，是用“科学小说”这一名称的。五十年代初改称为“科学幻想小说”。[3]“幻想”二字，是依其特点加上的。[4] 至于

“科学小说”应当入儿童文学中之哪一类，学者间的意见并不一致。吴鼎在谈到儿童文学的分类时，把“科学小说”归入“故事”类中，而非“小说”类。[5] 许义宗则把“科学故事”归入“写实故事”中。[6] 他把“儿童小说”分为6种，其中一种是“科学幻想小说”，但并没有详加讨论。[7] 另外，有些学者把“科幻小说”放在“科学文艺”这一大类里面。“科学文艺”包括的文学形式很广，除了小说外，还有童话、寓言、故事、小品、诗歌、谜语、相声、传记等，内容包括数学、物理、化学、生物、天文、地理等各种科学知识。[8]

科学小说是欧洲工业革命之后的产品。它反映了科技对人类想象的冲击和影响。玛丽·雪莱（Mary Shelley，1797—1851）是写作科学小说的先行者。她所著的《弗兰肯斯坦》（*Frankenstein*）于1818年出版，被公认为世界上第一部科学小说。[9] 到了十九世纪六十年代，法国人儒勒·凡尔纳（Jules Verne，1828—1905）写了一系列脍炙人口的科学历险小说后，科学小说才卓然成为文学中的一种独特体裁。

凡尔纳式的冒险故事，成为十九世纪九十年代英国报业巨子哈姆斯沃斯（Alfred Harmsworth，1865—1922）那些专为男童出版的周刊的一大特色。[10] 神奇的发明故事和星球间的战争常见于当时深受儿童欢迎的刊物，如《男童杂志》（*Boy's Magazine*）、《英国旗报》（*Union Jack*）、《男童之友》（*Boy's Friend*）及《男童先驱报》（*Boy's Herald*）等。[11] 1895年英国人威尔斯（Herbert George Wells，1866—1946）写成了《时间机器》（*The Time Machine*），对于二十世纪初出版的男童杂志也有很大的影响。二十世纪后半期，专为儿童写作科学小说的名家相继出现，其中主要的有：美国的罗伯特·海因莱因（Robert Heinlein，1907—1988）、安德烈·诺顿（Andre Norton，1912—2005）和玛德琳·利恩格尔（Madeleine L'Engle，1918—2007）；英国的唐纳德·萨德比（Donald Suddaby，1900—1964）和约翰·克里斯托弗（John Christopher，1922—2012）；加拿大的莫妮卡·休斯（Monica Hughes，1925—2003）。“现代童话”一类儿童文学作品，其实也可以算是科学小说。[12]

二
中国的科学小说

中国儿童文学中的科学文艺，为时并不很长。但是，把科学和文学结合起来的文学作品，很早便在古代的文献中出现了。

叶永烈在《漫谈科学文艺》一文中说：

> 在古代，很多文学作品包含丰富的科学知识，一些科学著作具有浓烈的文学色彩。这是科学文艺创作的萌芽阶段。例如，《诗经》中记载了许多关于动、植物的知识，而屈原的《天问》则提出了一系列关于科学的问题。……在公元二世纪，汉朝魏伯阳所著《周易参同契》，是一本关于炼丹的科学专著，全文都用诗的形式写作，四字或五字一句，隔句押韵。著名的《徐霞客游记》，李时珍的《本草纲目》，沈括的《梦溪笔谈》，都是科学著作，但文辞优美，某些段落可称得上是一篇好的散文。[13]

他在《论科学文艺》中又说：

……“嫦娥奔月”、“龙宫探宝”、“千里眼”、“顺风耳”之类脍炙人口的神话故事，无不带有浓厚的科学幻想色彩。[14]

叶永烈的论点显然是受到苏联科学文艺作家伊林（M. Ilin，1896—1953）的影响。伊林认为“科学和文学是同时起跑的”……他把科学文艺的起源一直追溯到遥远的古代，认为早在公元前十二世纪至公元前八世纪的荷马史诗《伊里亚特》和《奥德赛》中，就可以看到古希腊荷马时代的全部科学情况，甚至可以“根据《奥德赛》绘制出气象图，并测出足以驱散希腊船只的台风的级数”[15]。

虽然中国在古代已经有不少科学和文学相结合的作品，但是中国科学文艺的发展都是从晚清翻译外国科学小说开始的，而鲁迅正是当时积极提倡科学文艺的先行者。

胡从经在《晚清儿童文学钩沉》中说：

鸦片战争以后，一些留心时务的知识分子开始注意西方科学，陆续翻译天文、算学及声、光、化、电方面的书籍，介绍西方先进科学知识。作为“启迪民智”的手段之一，西方的“科学小说”也开始络绎引进。[16]

"科学小说"这种在十八世纪末十九世纪初崛起的独特文学形式，在欧美深受成人和少年儿童欢迎。"科学小说"被译介到晚清的中国来，是有其"启迪民智"的特殊任务的，"而其主要读者对象，大都是胸怀救国之志的青少年学生"[17]。由此可见，"科学小说"在最初被引进中国时，就以儿童文学的一种形式出现，虽然"儿童文学"一词，当时还未有人使用。

胡从经引海天独啸子所译述的科学小说《空中飞艇》的《弁言》作为例证：

> ……我国今日，输入西欧之学潮，新书新籍，翻译印刷者，汗牛充栋，苟欲其事半功倍，全国普及乎，请自科学小说始。[18]

海天独啸子并且鼓吹要发挥科学小说的效用，使其成为"社会主动力，虽三尺童子，心目中皆濡染之"[19]。

胡从经未能考定何种刊物最先披载"科学小说"，但他推举梁启超所编的《新小说》为开山。其创刊号于1902年出版，辟有"科学小说"的栏目，译载了英国肖鲁士原著的《海底旅行》。[20]《新小说》以"泰西最新科学小说”为总栏，连载《海底旅行》于该刊一卷一期至二卷六期。[21] 从胡从经所引录的回目来看，《海底旅行》其实即是法国人儒勒·凡尔纳所著的《海底两万里》，是译者误把凡尔纳当作了英国人肖鲁士。[22]

“科学小说”一词，在中国早于1902年便见诸《新小说》，至于英文“science fiction”又是什么时候开始出现的呢？加拿大学者希拉·埃格夫（Sheila Egoff）认为“科学小说”的由来归功于雨果·根斯巴克（Hugo Gernsback, 1884—1967）。[23] 根斯巴克于1908年创办了第一本无线电杂志，后来在他出版的其他刊物中，例如《科学与发明》（*Science and Invention*），加入了“scientifiction”这个名词，不久简化为“science fiction”。[24]

根据埃格夫所说，则中文“科学小说”一词，比英文“science fiction”较早出现。但从字面看来，则应是从英文翻译过来的。

晚清吴趼人和周桂笙主持的《月月小说》也有译介科学小说。周桂笙尤其热衷。他的译作《飞访木星》，标明“科学小说”，刊于清光绪三十三年丁未（1907）正月的《月月小说》一卷五期。在此以前，他已翻译了《地心旅行》。［25］此即凡尔纳的《地底旅行》，鲁迅亦曾于1903年译成，最初用索士的笔名发表于《浙江潮》。

根据胡从经的考据，当时“科学小说”十分风行，翻译作品除了凡尔纳的十余种之外，尚有以下各种［26］：

书名	国别	原著者	译者	出版社	出版年份
星球游行记	日	井上圆了	戴赞	彪蒙译书局	1903
梦游二十一世纪	荷	达爱斯克洛提斯	杨德森	商务印书馆	1903
空中飞艇（二册）	日	押川春浪	海天独啸子	明权社	1903
千年后之世界	日	押川春浪	天笑	群学社	1904
电术奇谈	日	菊池幽芳	方庆周	新小说社	1905
秘密电光艇	日	押川春浪	金石	商务印书馆	1906
海底漫游记	英	露亚尼	海外山人	新小说社	1906
飞行记	英	肖尔斯勃内	谢炘	小说林社	1907
新飞艇		尾楷忒星期报社编	商务印书馆编译所	商务印书馆	1907
幻想翼	美	爱克乃斯格平		商务印书馆	1908

科学小说风行于晚清，一方面是因为受到全世界范围内“凡尔纳热”的影响，另一方面是因为这种独特的文学体裁可被利用以向国人介绍科学知识。

科学小说并非儿童文学所专有的一种文学形式，最初出现时也并非专为儿童而创作，但因为内容充满幻想新奇，最能满足儿童的好奇心和求知欲，因此特别为少年儿童所喜爱，也就自然成为儿童文学的一个独立类别了。科学小说最初译介到中国来时，主要的读者对象是青少年儿童，就是因为译者希望借科学小说来介绍西方的科学知识，以求达到科学救国的理想。

三
鲁迅所译之科学小说

鲁迅一生的译作不少。他原本只想借翻译来介绍外国文学作品，而不是想自己创作。他曾经这么说过：

> 但也不是自己想创作，注重的倒是在绍介，在翻译，而尤其注重于短篇，特别是被压迫的民族中的作者的作品。[27]

但是后来他却做起小说来了。他说：

> 此后如要创作，第一须观察，第二是要看别人的作品，但不可专看一个人的作品，以防被他束缚住，必须博采众家，取其所长，这才后来能够独立。我所取法的，大抵是外国的作家。[28]

为了要取法外国作家，并且“博采众家”，鲁迅便不得不大量阅读和翻译外国作家的作品了。早在1903年在日本求学时，他便已开始翻译介绍外国文学作品。他在《〈域外小说集〉序》中便很清楚地说明翻译的目的：

> 我们在日本留学时候，有一种茫漠的希望；以为文艺是可以转移性情，改造社会的。因为这意见，便自然而然的想到介绍外国新文学这一件事。[29]

鲁迅正式开始他一生的文学活动，是在1902年负笈日本以后。1902年以前，鲁迅写过几篇短小的诗文，均属习作性质，当时未正式发表，1903年始在留学生创办的《浙江潮》月刊发表著译。[30]

1903年6月鲁迅翻译了法国雨果的随笔《哀尘》，刊于《浙江潮》第五期。接着10月发表了法国凡尔纳的科学小说《月界旅行》，由东京进化社出版；紧接着12月又译出了凡尔纳的另一部科学小说《地底旅行》，发表在《浙江潮》第十期。[31]

鲁迅为什么一开始就选择翻译有“科学小说之父”之称的凡尔纳的两部名著？那是因为青年时期的鲁迅（22岁），相信科学可以救国。他在《月界旅行辨言》中说：

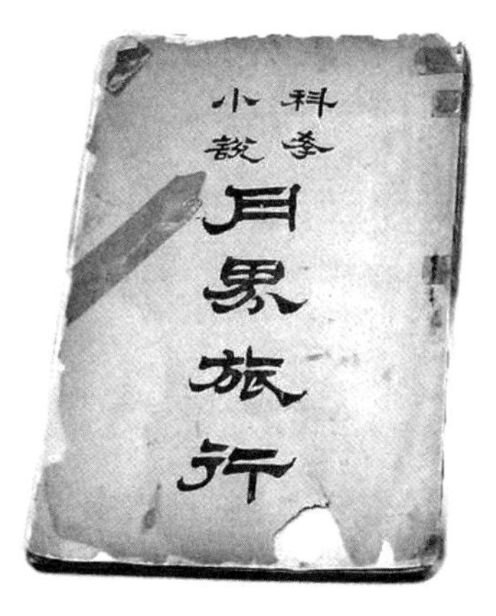

鲁迅翻译的科学小说《月界旅行》(东京进化社，中国教育普及社译印，1903年10月)与《地底旅行》(南京启新书局，1906年3月)书影

破遗传之迷信，改良思想，补助文明，……导中国人群以进行，必自科学小说始。[32]

鲁迅翻译和改作这些作品，目的是借小说这一文学形式，达到以科学启蒙读者和改造国民性的目的。

鲁迅在日本弘文学院读书时，便着力介绍进步的科学思想和科学知识。他写作《中国地质略论》、《说钼》和翻译科学小说《月界旅行》、《地底旅行》、《北极探险记》，以及与顾琅合编《中国矿产志》，都是志在救国。[33]

鲁迅是在1902年4月初进东京弘文学院的。[34]1904年夏毕业后，他决定学医。[35]在《呐喊》的"自序"中，鲁迅忆述他年轻时学医的原因：

我有四年多，曾经常常，——几乎是每天，出入于质铺和药店里，年纪可是忘却了，总之是药店的柜台正和我一样高，质铺的是比我高一倍，我从一倍高的柜台外送上衣服或首饰去，在侮蔑里接了钱，再到一样高的柜台上给我久病的父亲去买药。回家之后，又须忙别的事了，因为开方的医生是最有名的，以此所用的药引也奇特：冬天的芦根，经霜三年的甘蔗，蟋蟀要原对的，结子的平地木，……多不是容易办到的东西。然而我的父亲终于日重一日的亡故了。

……终于到N去进了K学堂了，在这学堂里，我才知道世上还有所谓格致、算学、地理、历史、绘图和体操。生理学并不教，但我们却看到些木版的《全体新论》和《化学卫生论》之类了。我还记得先前的医生的议论和方药，和现在所知道的比较起来，便渐渐的悟得中医不过是一种有意的或无意的骗子，同时又很起了对于被骗的病人和他的家族的同情；而且从译出的历史上，又知道了日本维新是大半发端于西方医学的事实。

因为这些幼稚的知识，后来便使我的学籍列在日本一个乡间的医学专门学校里了。我的梦很美满，豫备卒业回来，救治象我父亲似的被误的病人的疾苦，战争时候便去当军医，一面又促进了国人对于维新的信仰。[36]

1904年9月10日，鲁迅进了仙台医学专门学校。在习医期间，鲁迅思想又起了变化。他开始怀疑科学是否真能救国了。

在仙台医专第二年，发生了一件直接促使鲁迅弃医从文的事。他回忆当时的情形说：

……总之那时是用了电影，来显示微生物的形状的，因此有时讲义的一段落已完，而时间还没有到，教师便映些风景或时事的画片给学生看，以用去这多余的光阴。其时正当日俄战争的时候，关于战事的画片自然也就比较的多了，我在这一个讲堂中，便须常常随喜我那同学们的拍手和喝采。有一回，我竟在画片上忽然会见我久违的许多中国人了，一个绑在中间，许多站在左右，一样是强壮的体格，而显出麻木的神情。据解说，则绑着的是替俄国做了军事上的侦探，正要被日军砍下头颅来示众，而围着的便是来赏鉴这示众的盛举的人们。

这一学年没有完毕，我已经到了东京了，因为从那一回以后，我便觉得医学并非一件紧要事，凡是愚弱的国民，即使体格如何健全，如何茁壮，也只能做毫无意义的示众的材料和看客，病死多少是不必以为不幸的。所以我们的第一要著，是在改变他们的精神，而善于改变精神的是，我那时以为当然要推文艺，于是想提倡文艺运动了。[37]

于是在1906年7月，鲁迅中止学医，离仙台赴东京，专门从事新文艺运动［38］。

鲁迅弃医从文后，他的译著便不大以科学为重了。虽然他一直都提倡普及科学，但早年选择了学医，并且翻译凡尔纳的科学小说，主要原因是基于“科学救国”的思想。

鲁迅翻译科学小说的另一个原因是因为他本身学科学，喜欢科学。他在1935年5月15日致杨霁云的书简中写道：“我因为向学科学，所以喜欢科学小说。”［39］

关于鲁迅学科学的经过，他的弟弟周建人（即乔峰）在《鲁迅先生和自然科学》一文中有以下的记载：

鲁迅先生年青的时候是学习自然科学的。民国前十三年，这时候他十九岁，考进南京陆师学堂附设的矿路学堂里学开矿，学习的功课是矿物学，化学，及其他和开矿有关的科学。毕业以后，到了日本，民国前九年给一种定期刊物，叫做《浙江潮》（第八期），写一篇文章，题目叫做《说钼》，现在叫做镭，是讲它的发现史及性质的，可见他对于无生物学还有兴趣。

第二年，他进了仙台医学专门学校，从此所学习的功课，从无生物学转移到生物学的领域。近代医学大部分是以生物学作基础的。虽然学医的时候并不久长，并且以后又改学了文艺，从事文学方面的工作了，但鲁迅先生并不离开科学。民国前三年回国后他便在杭州两级师范学校担任教生理学及化学，自己研究植物学。第二年，任绍兴中学的学监（今称教务长），兼教生理学等教课，自己继续研究植物学。[40]

鲁迅自幼便对科学有兴趣。他十分喜欢植物，并且亲自栽种，大都是普通的花草。“草花每年收子，用纸包成方包，写上名称，藏起来，明年再种。并且分类，定名称，拿《花镜》、《广群芳谱》等作参考，查考新得来的花草是什么植物。”[41] 因为喜欢花草，便产生了对研究植物学的兴趣，而且还把植物采来亲手制作标本。

鲁迅接受过科学的训练，本身对文学又有兴趣，因此为科学小说这种科学与文学相结合的独特文学种类所吸引，是很自然的事。他后来回忆早年的文学生活时，曾这样说：

我们曾在梁启超所办的《时务报》上看见了《福尔摩斯

> 包探案》的变幻，又在《新小说》上看见了焦士威奴（Jules Verne）（按：焦士威奴为儒勒·凡尔纳当时的译名，下同）所做的号称科学小说的《海底旅行》之类的新奇。[42]

胡从经认为："正因为科学小说的'新奇'，诱导和吸引一代少年去探幽觅隐，攀登科学之峰峦。"[43]

《新小说》创刊号于1902年（光绪二十八年）11月出版［44］，而鲁迅已于当年4月初到了日本，就读于东京弘文学院了。次年（1903）的10月及12月，鲁迅便译出了凡尔纳的另外两部科学小说《月界旅行》和《地底旅行》，反应不可谓不快。

科学小说最初被译介到中国来时，仍未有"儿童文学"这个名称。"儿童文学"一词，始于"五四"时代。最早一篇以"儿童文学"为题的文章，刊载于《新青年》第八卷第四号，那是周作人于1920年10月26日在北京孔德学校的演讲，题目是《儿童的文学》。

鲁迅则因被科学小说所吸引，进而译介，完全是基于"科学救国"的信念，而不是想把科学小说作为儿童文学的一种形式介绍给中国的青少年读者。

四
鲁迅翻译《月界旅行》和《地底旅行》的经过

据胡从经考证，鲁迅并非第一位把凡尔纳作品翻译到中国来的人。胡氏说：

至于凡尔纳的作品，现在所能见到的最早的中译本是《八十日环游记》，逸儒译，秀玉笔记，经世文社发行，光绪庚子（1900年）初版。书为线装，分上下两册，铅活字排，连史纸印。凡四卷，都三十七回，仿章回体，以文言敷衍之。前有寿彭序，其中谈到译书的缘起，以及关于本书的评述，中谓："《八十日环游记》一书，本法人朱力士（名）房（姓）（Jules Verne 儒勒·凡尔纳）所著，中括全球各海埠名目，而印度美利坚两铁路，尤精详，举凡山川风土，胜迹教门，莫不言之历历，且隐含天算，及驾驶法程等。著者自标，此书罗有专门学问字二万，是则区区稗史，能具其大，非若寻常小说，仅作诲盗诲淫语也，故欧人盛称之，演于梨园，收诸蒙学，允为雅俗共赏。”以上寥寥数言，可能是中国第一次关于凡尔纳其人的介绍。[45]

其中值得注意的是“收诸蒙学”一句，显示凡尔纳的作品在欧美拥有儿童读者，而且被译介到中国来时，青少年儿童也是读者对象。

十九世纪末至二十世纪初叶，“凡尔纳热”吹到中国来。那是一个“崇奉科学，渴求知识”的年代。[46] 鲁迅在翻译《月界旅行》和《地底旅行》之前，已经在梁启超所办的《时务报》上读过凡尔纳的《海底旅行》，并为其“新奇”所吸引。[47] 因此1903年当他在日本东京弘文馆念书时，便从日文译本转译了凡尔纳这两部脍炙人口的科学小说。

鲁迅在《月界旅行辨言》中，对凡尔纳及其作品，有以下的评述：

培伦者，名查理士，美国硕儒也。学术既覃，理想复富。默揣世界将来之进步，独抒奇想，托之说部。经以科学，纬以人情。离合悲欢，谈故涉险，均综错其中。间杂讥弹，亦复谭言微中。十九世纪时之说月界者，允以是为巨擘矣。然因比事属词，必洽学理，非徒摭山川动植，侈为诡辩者比。故当觥觥大谈之际，或不免微露遁辞，人智有涯，天则甚奥，无如何也。至小说家积习，多借女性之魔力，以增读者之美感，此书独借三雄，自成组织，绝无一女子厕足其间，而仍光怪陆离，不感寂寞，尤为超俗。[48]

鲁迅把《月界旅行》的作者误作美国人培伦，又把《地底旅行》的作者误作英国人威男，三十年后，他在《致杨霁云》（1934年7月17日）的信中有这样的更正：

威男的原名，因手头无书可查，已记不清楚，大约也许是Jules Verne，他是法国的科学小说家，报上作英，系错误。梁任公的《新小说》中，有《海底旅行》，作者是焦士威奴，也是他。[49]

由此可见，鲁迅在翻译《月界旅行》和《地底旅行》时，对凡尔纳其人实在缺乏认识，他只是喜欢科学小说的“新奇”，为《月界旅行》及《地底旅行》的内容所吸引，于是从日译本转译过来，并非为凡尔纳的盛名而翻译。

至于鲁迅的翻译风格，曾庆瑞说：

他搞翻译，随读随译，速度惊人。开始，他的译笔还受严复影响，后来一变而清新雄健，在当时的翻译界已经独树一帜了。在受到章太炎的革命思想影响之后，他的译笔更加激昂慷慨。其中，那些鼓吹革命的文字，读了尤其使人惊心动魄。[50]

鲁迅采用的翻译方法是改作，而不是直译，他在1934年5月15日给杨霁云的信中说："我因为向学科学，所以喜欢科学小说，但年青时自作聪明，不肯直译，回想起来真是悔之已晚。"[51]接着在7月17日的信中，又这样说："但我的译本，似未完，而且似乎是改作，不足存的。"[52]

鲁迅晚年批判自己年轻时翻译科学小说采用改作方法的不是，但孙昌熙等人却有以下的看法：

作品喷吐着一股激昂慷慨，热情澎湃的浓烈感情。……为了加强作品的感情浓度，鲁迅不仅将满腔激情渗透于原著固有的人物和情节的描述中，而且，给作品增添了不少原著未有的抒情文字，例如《地底旅行》第六回末亚篱士"危坐筏首，仰视晴昊"的激昂高歌。甚至，鲁迅还不时离开人物和情节的描述，将自己不可遏止的强烈情感，在文中直吐而出。[53]

鲁迅从日文译本转译《月界旅行》和《地底旅行》，采用的是章回体小说的体式，共十四回。香港科幻小说家杜渐在《鲁迅与科幻小说》一文中说“是有他的独到见解的，因章回体小说是当时中国流行的小说形式，群众喜见乐闻，在提倡科学文艺上是有启迪作用的”[54]。

其实晚清的翻译小说都是采用当时流行的章回体小说形式，如林纾的翻译小说便是。早在1902年，发表于梁启超所编《新小说》里面的《海底旅行》译本便已采用章回体了。[55]

梁启超本人不但倡导为儿童著译小说，而且亲自从日文书重译了凡尔纳的科学小说《十五小豪杰》（法文原名《两年间学校暑假》，日本森田思轩译为《十五少年》）。梁启超在“缘起”中申明译述“纯以中国说部体段代之”，即章回体，分全书为十八回，每回缀以回目。初署“少年中国之少年”笔名，连载于他自己主编的《新民丛报》（自第二号至第二十四号，1902年2月至1903年1月），后由横滨新民社活版部于光绪二十九年

（1903）出版了单行本。[56]

由此可见，采用章回体小说形式，译述改写外国文学作品是当时的译风。鲁迅只是顺应潮流而已。

至于这种翻译方法，在当时是为了普及科学、启迪民智而迎合大众读者，本无可厚非，并非是鲁迅的“独到见解”，鲁迅晚年便后悔自己“年青时自作聪明，不肯直译”。

胡从经说梁启超译述《十五小豪杰》时因为“虑及少年读者的阅读理解水平”，所以译文采用了白话文，梁氏曾自述道：“本书原拟依《水浒》、《红楼》等书体裁，纯用俗话。”[57] 而鲁迅在《月界旅行辨言》中说明为什么不纯用俗语：“初拟译以俗语，稍逸读者之思索，然纯用俗语，复嫌冗繁，因参用文言，以省篇页。”[58] 理由并不充分呢！比较起来，梁启超的译文较易为儿童所理解，才算是儿童文学。所以，鲁迅翻译《月界旅行》和《地底旅行》时，并不以少年儿童为读者对象。他当时对儿童或儿童文学并没有表示特别的关注。迟至1918年发表他的第一篇白话小说《狂人日记》时，才发出“救救孩子”的呼声。

五
鲁迅翻译科学小说对中国儿童文学的影响

梁启超和鲁迅是最早把西方的科学小说译介到中国来的人，但两人的态度略有不同。梁启超以少年儿童为主要读者；而鲁迅则提倡向一般大众普及科学，希望通过科学小说来引起国人对科学的兴趣。但鲁迅对后来的儿童文学工作者影响较大。

鲁迅的主张见于《月界旅行辨言》中：

盖胪陈科学，常人厌之，阅不终篇，辄欲睡去，强人所难，势必然矣。惟假小说之能力，被优孟之衣冠，则虽析理谭玄，亦能浸淫脑筋，不生厌倦。彼纤儿俗子，《山海经》、《三国志》诸书，未尝梦见，而亦能津津然识长股、奇肱之域，道周郎、葛亮之名者，实《镜花缘》及《三国演义》之赐也。故掇取学理，去庄而谐，使读者触目会心，不劳思索，则必能于不知不觉间，获一斑之智识，破遗传之迷信，改良思想，补助文明，势力之伟，有如此者！我国说部，若言情谈故刺时志怪者，架栋汗牛，而独于科学小说，乃如麟角。智识荒隘，此实一端。故苟欲弥今日译界之缺点，导中国人群以进行，必自科学小说始。[59]

鲁迅的这个主张，对于后来译介科学小说的人如茅盾等也有所影响。彭斯远在《儿童文学散论》中说：

1916年，20岁的茅盾翻译了卡本脱的通俗科普读物《衣》、《食》、《住》。尔后他又勇敢担起了为青少年翻译科学小说的任务。因为他当时受到鲁迅“导中国人群以进行，必自科学小说始”的思想启示，觉悟到这一文学样式有助于读者“获一斑之智识，破遗传之迷信”（见鲁迅《月界旅行辨言》）的社会功能，所以他用鲁迅介绍儒勒·凡尔纳的巨大热情来勉励自己，迅即译写了英国著名科普作家赫伯特·乔治·威尔斯（1866—1946）的科学小说《三百年后孵化之卵》。[60]

接着于1918年初，茅盾又与其弟沈泽民合译了美国人洛赛尔·彭特（Russell Bond）所著的科学小说《两月中之建筑谭》，刊载于《学生杂志》第五卷。[61]

像鲁迅翻译《月界旅行》和《地底旅行》一样，茅盾也采用意译改写的方法，而不采用严谨的直译法。据茅盾自己解释，这是因为当时商务印书馆的编辑朱元善认为只要技术部分忠于原文便可，又为了加强文采，主张要用骈体。[62]

此外，茅盾还在《学生杂志》译写了科学小说《二十世纪后之南极》，又于1920年与沈泽民合译科学小说《理工学生在校记》。[63]

早在1935年2月茅盾便发表了一篇《关于“儿童文学”》的文章，对中国儿童文学作品中缺少科学读物的现象有所批评：

> 儿童读物虽然由单纯的“儿童文学”（小说、故事、诗歌、寓言）扩充到“史地”，到“自然科学”，可是后二者的百分数是非常的少；并且“科学的儿童读物”中间关于人体构造及其卫生的，关于衣食住的，关于近代机械的，关于现代生活的各方面的，尤其少到几乎可说没有。[64]

直到晚年，茅盾仍然念念不忘向儿童介绍科学读物：

介绍科学知识的儿童读物也很重要，可是也最少……十分需要像法布尔的《昆虫记》那样的作品。关于动物（例如益虫、益鸟、害虫、害鸟之类）的儿童读物也是一个广阔天地，值得儿童文学工作者去探讨；我相信儿童们也十分欢喜看这方面的书。[65]

鲁迅生前也十分推崇法国科学家让·亨利·法布尔（Jean Henri Fabre，1823—1915）的《昆虫记》。他认为给孩子看的科学知识读物，不仅要深入浅出，而且还要饶有趣味，《昆虫记》便是很好的一个例子。鲁迅晚年身体有病时，还想翻译《昆虫记》，可惜他的愿望没有达成。[66]《昆虫记》后来是由董纯才翻译的。[67]

从译介外国作品到创作自己的作品，中国现代儿童文学便是这样发展起来的。在二十世纪三十年代末四十年代初，有顾均正的《在北极底下》、《和平的梦》和《伦敦奇疫》。[68] 其中《和平的梦》曾受到英国威尔斯的影响，是中国第一本科幻作品专集。[69]

科学小说译介到中国来，已有一个世纪了。经梁启超、鲁迅、茅盾等人的倡导，中国的儿童科学读物从翻译改写而自行创作。但作品的质与量都不能令人满意。究其原因，似乎在于为儿童创作科学读物是否一定要采取“文艺化”的手法。

中国儿童文学界已开始大力提倡科学文艺的创作，一致尊崇鲁迅是倡导科学文艺的先驱者，把他在1903年发表的《月界旅行辨言》奉为圭臬，大家深信“惟假小说之能力，被优孟之衣冠，则虽析理谭玄，亦能浸淫脑筋，不生厌倦”。认为科学文艺的力量，可以促进现代化，就像鲁迅所说的，“导中国人群以进行，必自科学小说始”。

蒋风在1983年出版的《鲁迅论儿童读物》里对《月界旅行辨言》作了这样的阐释：

> 鲁迅从他那时唤醒人民觉悟，推翻满清反动统治的革命民主主义的立场出发，高度肯定了科学文艺的巨大作用，倡导运用文艺形式来传播科学知识，破除反动统治阶级的迷信宣传。[70]

彭斯远在1985年出版的《儿童文学散论》里也有以下的解说：

在这里，鲁迅首先从科学文艺背离文学手段的拙劣写法入手，对那种以纯知识传授为目的的讲义式的枯燥科普文章提出了批评，从而直接提出了科学与文艺应该结合的正确主张。在他看来，科普宣传只有“假小说之能力”，才能令读者特别是青少年“不生厌倦”。[71]

科学文艺既被当成是普及科学的最有力工具，因而难免忽略了以“非故事体”（nonfiction）的形式来介绍科学及其他知识性的读物。这一点，茅盾在《关于“儿童文学”》一文中曾这样说：

在科学的机械的（mechanic）儿童读物方面，我们应该避免枯燥的叙述和“非故事体”的形式。[72]

他批评当时出版的儿童读物说：

现在我们所有的“科学的儿童读物”大半太不注意“文艺化”，叙述的文字太干燥，甚至有“半文半白”，儿童读了会被催眠。[73]

叶永烈在《漫谈科学文艺》一文里也主张“故事化”：

为什么科学文艺作品的主要读者是少年儿童呢？这是

因为少年儿童懂事不多，只有把科学知识溶化在有趣的故事、生动的语言、通俗的比喻、形象的描写之中，他们才乐于接受。[74]

科学读物或知识性读物（information books）应该用“非故事体”还是“故事体”的形式来介绍给儿童呢？西方学者较赞成前者。

在赫克（Charlotte S. Huck，1922—2005）和库恩（Doris Y. Kuhn）合著的《小学校里的儿童文学》（*Children's Literature in the Elementary School*）中有这样的看法[75]：

Research has indicated that children want specific information. Straightforward presentation is the appropriate style for an informational book.

根据研究，儿童需要具体明确的知识。所以，知识性的读物以直接了当的方式来写为佳。

因此，他们不赞成以拟人法来写作科学读物[76]：

Anthropomorphism is the assignment of human feelings

and behaviour to animals, plants, or objects; it does not belong in the truly scientific book. In the book that purports to be an informational book, this seems to say to the child, "You really do not have the intelligence or interest to understand or accept straightforward information." …

Talking animal stories have a place in the literature program as fantasy. However, a thinly disguised "story" designed to dispense information, has little value. Usually, such books include information that is available elsewhere or actually give misconceptions.

Many excellent animal fiction stories do convey information but the plot and the animal's behaviour and habitat is authentic.

拟人法就是把人类的感情和行为赋予动物、植物或其他物件，是不应用于真正的科学读物的。一本标明是知识性的书如采用拟人法来写作，那无异于对孩子说："以你现在的智力和兴趣还不足以了解和接受直接的知识。"……

在文学课程里，会说话的动物的故事也属于童话一类。但是，以一个浅薄的所谓"故事"来传授知识，实无甚价值。这一类故事书中所传授的知识，如果不是别处已有的，便是错误的。

有些动物故事书确为传授知识之佳作。这类故事情节自然，善于塑造人物，所描写的动物的举止行动和栖身之地都较逼真。

由此看来，向儿童介绍科学知识，是不必采取“故事化”的手法的。否则不仅低估了他们接受知识的能力，而且不适当的“故事化”，还会对儿童产生误导作用。

鲁迅所谓“盖胪陈科学，常人厌之，阅不终篇，辄欲睡去，强人所难，势必然矣”，给人一个错觉，以为所有关于科学的文字，一概枯燥无味，使人生厌。其实这是鲁迅看到当时一般科学读物的毛病，因而有此感慨。他自己喜爱科学，认为科学是饶有趣味的，如何把有趣味的科学透过有趣味的文字介绍给读者，使他们也喜爱科学，便得注意写作的技巧了。他年轻时大力提倡科学小说，满腔爱国热情以为“导中国人群以进行，必自科学小说始”。直到晚年才觉得应该给少年儿童办一种通俗的科学杂志，用浅显有趣的文字介绍科学知识。

又因为儿童喜欢发问各种与自然科学有关的问题，他还觉得应给他们讲点“切实的知识”，但要避免“过于高深”。[77] 他的这些论点在当时儿童文学不发达的中国，是十分有远见的。

且看赫克和库恩对于儿童科学读物的见解是否和鲁迅的相近 [78]：

Scientific writing does not have to be dry, dull or pedantic.

科学的著作并不都是干巴巴，枯燥迂腐的。

他们又认为 [79]：

Discovery is exciting, and informational books should engender interest and communicate this excitement of learning. The content ... may be the first factor that draws the reader's attention, but good writing style will maintain interest.

发现新事物总是令人兴奋的。知识性读物得先有趣味才能引起读者学习的兴致。……内容也许是吸引读者的首要因素，但良好的写作风格则能够保持趣味性。

赫克和库恩又引欧文・艾德勒（Irving Adler）《谈儿童科

学读物》（*On Writing Science Books for Children*）中的话说明给儿童写作科学读物的目的［80］：

... to present scientific ideas so simple that they can be followed and understood by an unsophisticated reader.

……讲解科学概念，得深入浅出，才能使一般读者都能看懂和领会个中道理。

鲁迅说孩子需要“切实的知识”，这就是赫克和库恩所说的“specific information”。在中国力求现代化的时期，少年儿童比任何一个时代都更加需要“切实的知识”。“故事化”或“文艺化”的写作手法并不一定能够把“切实的知识”传授给儿童读者。因此，中国儿童文学界应该在“科学文艺化”以外，也采用“非故事体”的写作科学读物的方法。

【注】（各注释文献版本详见书末所附“参考书目”）

[1] 关于英、美儿童文学的分类，可参考萨瑟兰等著《儿童和图书》（Sutherland, Zena and others. *Children and Books*.）及赫克等著《小学校里的儿童文学》（Huck, Charlotte and others. *Children's Literature in the Elementary School*.）。

[2] Carpenter, Humphrey & Prichard, Mari. *Oxford Companion to Children's Literature*. p. 181.

[3] 章道义等编：《科普创作概论》，第172页。

[4] 《儿童文学十八讲》，第320页。

[5] 吴鼎：《儿童文学研究（第三版）》，第264，286—289页。

[6] 许义宗：《儿童文学论》，第23—24页。

[7] 同上。

[8] 叶永烈：《漫谈科学文艺》，见上海人民广播电台编：《文学知识广播讲座》，第134—136页。

[9] 《儿童文学十八讲》，第320页。

[10] Carpenter, Humphrey & Prichard, Mari. *Oxford Companion to Children's Literature*. p. 471.

[11] Egoff, Sheila and others (ed.). *Only Connect: Readings on Children's Literature*. p. 388.

[12] Carpenter, Humphrey & Prichard, Mari. *Oxford Companion to Children's Literature*. p. 472.

[13] 上海人民广播电台编：《文学知识广播讲座》，第129—130页。

[14] 贺宜等：《儿童文学讲座》，第125页。

[15] 蒋风：《儿童文学概论》，第264—265页。

[16] 胡从经：《晚清儿童文学钩沉》，第91页。

[17] 同上。

[18] 同上书，第91—92页。《空中飞艇》由明权社于1903年（光绪二十九年）7月初版。

[19] 同上书，第92页。

[20] 同上。英国肖鲁士之《海底旅行》，署南海卢借东译意、东越红溪生润文，其实即法国凡尔纳《海底两万里》。

[21] 同上。

[22] 同上书，第92—93页。

[23] *The Macmillan Family Encyclopedia*. p. 157. 根斯巴克为卢森堡人，1904年移民美国，系编辑、出版家、发明家及无线电先驱者，制造了第一部家庭无线电收音机。

[24] Egoff, Sheila and others. *Only Connect: Readings on Children's Literature*. p. 386.

[25] 胡从经：《晚清儿童文学钩沉》，第94页。周桂笙译本又名《地球隧》，由上海广智书局于1906年（光绪三十二年）4月初版。

[26] 同上书，第96页。

[27] 福建师范大学中文系编选：《鲁迅论外国文学》，第4页。原见《南腔北调集》中之《我怎么做起小说来》（1933年3月5日）。

[28] 同上书，第23页。原见《致董永舒》（1933年8月13日）。

[29] 同上书，第3页。

[30] 孙昌熙等：《鲁迅文艺思想新探》，第1页注（1）。

[31] 福建师范大学中文系编选：《鲁迅论外国文学》，第409页。

[32] 胡从经：《晚清儿童文学钩沉》，第91页。

[33] 曾庆瑞：《鲁迅评传》，第92页。

[34] 同上书，第72页。

[35] 同上书，第92—93页。

[36] 《呐喊·自序》，《鲁迅全集》（1973）第1卷，第269—271页。

[37] 同上书，第271页。

[38] 蒋风、潘颂德：《鲁迅论儿童读物》，第107页。

[39] 胡从经：《晚清儿童文学钩沉》，第205页。

[40] 乔峰：《略讲关于鲁迅的事情》，第28页。

[41] 同上书，第31页。

[42]《祝中俄文字之交》，见《南腔北调集》，《鲁迅全集》（1973）第5卷，第53页。
[43] 胡从经：《晚清儿童文学钩沉》，第93页。
[44] 同上书，第92页。
[45] 同上书，第200页。
[46] 同上书，第199页。
[47] 同上书，第93页。
[48]《月界旅行辨言》，《鲁迅全集》（1973）第11卷，第10页。
[49] 福建师范大学中文系编选：《鲁迅论外国文学》，第311页。
[50] 曾庆瑞：《鲁迅评传》，第83页。
[51] 福建师范大学中文系编选：《鲁迅论外国文学》，第312页。
[52] 同上书，第311页。
[53] 孙昌熙等：《鲁迅文艺思想新探》，第9页。
[54] 杜渐：《鲁迅与科幻小说》，载《书海夜航二集》，第151页。
[55] 胡从经：《晚清儿童文学钩沉》，第92页。
[56] 同上书，第9页。
[57] 同上书，第10页。
[58]《月界旅行辨言》，《鲁迅全集》（1973）第11卷，第11页。
[59] 同上书，第10—11页。
[60] 彭斯远：《儿童文学散论》，第133页。
[61] 同上书，第135页。
[62] 魏同贤：《先驱者的业绩——谈茅盾的儿童文学理论及创作》，见《儿童文学研究》第9辑，第120页。
[63] 彭斯远：《儿童文学散论》，第136页。
[64]《1913—1949儿童文学论文选集》，第219页。原载《文学》1935年2月1日第四卷第二号。
[65]《儿童文学》编辑部编：《儿童文学创作漫谈》，第1—2页。这是茅盾在1978年12月以中国文联副主席及中国作家协会主席身份会见儿童文学创作学习会学员时的讲话。

[66] 蒋风、潘颂德:《鲁迅论儿童读物》, 第54—55页。
[67] 贺宜等:《儿童文学讲座》, 第132页。
[68] 杜渐:《鲁迅与科幻小说》, 载《书海夜航二集》, 第155页。
[69] 彭斯远:《儿童文学散论》, 第150页。
[70] 蒋风、潘颂德:《鲁迅论儿童读物》, 第52页。
[71] 彭斯远:《儿童文学散论》, 第152页。
[72]《1913—1949儿童文学论文选集》, 第221页。
[73] 同上书, 第219页。
[74] 叶永烈:《漫谈科学文艺》, 见上海人民广播电台编:《文学知识广播讲座》, 第132页。
[75] Huck & Kuhn. *Children's Literature in the Elementary School.* 2nd ed. p. 462.
[76] 同上书, 第452—453页。
[77] 蒋风、潘颂德:《鲁迅论儿童读物》, 第53页。
[78] Huck & Kuhn. *Children's Literature in the Elementary School.* 2nd ed. p. 465.
[79] Ibid. pp. 462–463.
[80] Ibid. p. 463. 原载: *The Horn Book Magazine* v.41, Oct. 1965, pp. 524–529.

第六章　鲁迅与现代中国童话

一
童话的定义与分类

1. 定义

刘守华在《中国民间童话概说》一书里这样说明"童话"一词的由来：

> 童话故事是一向就在民间流传的，但我国过去在人们的口头和书本中，都没有"童话"这个名称。南方许多地方把讲故事叫讲"古话"，其中就包括了我们所称的童话故事。"童话"一词是本世纪初从日本借用来的。[1]

然而，"童话"一词究竟于何时借自日译呢？其意义又如何界定呢？1921年张梓生在《妇女杂志》上发表了一篇名为《论童话》的文章，从民俗学的观点给童话下了一个定义：

> 童话和"神话"、"传说"都有相连的关系。原来原始人

类，不懂物理，他看一切物类和所谓天神，地祇，鬼魅等等，都有动作生气，和人类一样，这便是拜物教的起因，从此所演成的故事，便是“神话”。进了一步，传讲这类事实，使人虽信而不畏，便变成“传说”。再进一步，把这些事实，弄成文学化，就是“童话”了。所以童话的界说是:“根据原始思想和礼俗所成的文学。”[2]

但是赵景深觉得这个定义不大恰当，便写信给张梓生提出疑问：

你说童话的定义，是“根据原始思想和礼俗所成的文学”。但是孙毓修先生的《童话集》，竟包括一切（寓言、小说、神话、历史故事和科学故事）。本来童话二字，表面上的意义，是“对儿童说的话”。不能说孙先生是错。我以为 fairy-tales or märchen 不可译作“童话”二字，以致意义太广，最好另立一个名词，免得混淆，你以为如何？[3]

张梓生给赵景深的答覆如下：

我所说的童话定义，是人类学研究上的定义。其中只能包括儿童及和儿童智识程度相等的野蛮人乡下人所说的含有娱乐性质的故事，不能包括一切。孙先生童话集中的东西，不全是纯粹的童话；只能说是儿童文学的材料。因为童话一个名词，是从日本来的，原意虽是对儿童说的话，现在却成了术语，当做märchen的译名；正如“小说”二字，现在也不能照原意解说了。如恐淆混，便不妨用儿童文学这个名称，包括一切。[4]

张梓生对童话的定义，只限于人类学上的研究，因此并不适用于儿童文学。一般人对于童话，仍然有许多误解，以为就是神仙故事，只是译名不甚恰当而已。[5] 因此赵景深和周作人又于晨报副刊上互相讨论。

从现有的资料来看，周作人可能是中国研究童话的第一人，早在1912年，他便写了《童话研究》一文，1913年又写了一篇《童话略论》。[6] 他研究童话，是以民俗学为依据，探讨其起源和在教育上的用途，因此和儿童文学相接近，不如张梓生只从纯民俗学的角度看童话。

周作人就赵景深1922年1月9日的来信，对童话作如下的解释：

童话这个名称，据我知道，是从日本来的。中国唐朝的《诺皋记》里虽然记录着很好的童话，却没有什么特别的名称。

十八世纪中日本小说家山东京传（1761—1816）[7]在《骨董集》里才用童话这两个字；曲亭马琴（1767—1848）[8]在《燕石杂志》及《玄同放言》中又发表许多童话的考证，于是这名称可说已完全确定了。童话的训读是warabe no monogatari，意云儿童的故事；但这只是语源上的原义，现在我们用在学术上却是变了广义，近于“民间故事”——原始的小说的意思。童话的学术名，现在通用德文里的märchen这一个字；原意虽然近于英文的wonder-tale（奇怪故事），但广义的童话并不限于奇怪。至于fairy tale（神仙故事）这名称，虽然英美因其熟习，至今沿用，其实也不很妥当，因为讲神仙的不过是童话的一部份；而且fairy这种神仙，严格的讲起来，只在英国才有，大陆的西南便有不同，东北竟是大异了。所以照着童话与“神仙故事”的本义来定界说，总觉得有点缺陷，须得根据现代民俗学上的广义加以订正才行。[9]

周作人是根据民俗学上的广义来界定“童话”一词，所以他认为童话的最简明的界说是“原始社会的文学”[10]。他的所谓原始社会，包括了上古、野蛮民族、文明国的乡民和儿童社会。而属于这些“原始社会”的故事则可分为神话（mythoe）、传说（saga）及童话（märchen）。至于三者的分别，周作人又作如下的解释：

> 这三个希腊伊思兰和德国来源的字义，都只是指故事，现在却拿来代表三种性质不同的东西。神话是创世以及神的故事，可以说是宗教的；传说是英雄的战争与冒险的故事，可以说是历史的：这两类故事在实质上没有什么差异，只是依所记的人物为区分。童话的实质也有许多与神话传说共通。但是有一个不同点：便是童话没有时与地的明确的指示，又其重心不在人物而在事件，因此可以说是文学的。[11]

周作人虽是根据现代民俗学上的广义来界定童话，但因为近代将童话应用于儿童教育，他主张另立一个“教育童话”的名目，与德文的“kindermärchen”相当，他又相信童话在儿童教育上的作用是文学的而不是道德的。[12] 这样看来，他的所谓“教育童话”便算入儿童文学的范围了。

童话这个名词，一般都相信是“在清代末期从日本引进后，开始流行于我国”[13]。而中国有“儿童文学”这个名称，则始于“五四”时代，由此可见在“儿童文学”一词尚未在中国出现之前，“童话”这个名词已从日本被引进来了。

早期编译童话的人中，最重要的要算是孙毓修了。他为商务印书馆所编的《童话第一集》，自光绪三十四年（1908）开始陆续出版，共出了87册。[14] 孙毓修的童话，大都是编译的，主要来源是：《希腊神话》，《泰西五十轶事》，《天方夜谭》，《格林童话》，《贝洛尔童话》，笛福的《绝岛飘流》，斯威佛特的《大人国》与《小人国》，以及《安徒生童话》等共约四十余种外国童话。此外，还有中国古代童话，主要取材自《史记》、《汉书》、《唐人小说》、《孔雀东南飞》、《木兰辞》、《古今奇观》、《虞初新志》、《中山狼》等书。[15] 正因为孙毓修编译的童话取材广泛，有些根本不属于童话类的也采用了，所以引起赵景深对张梓生的童话定义产生疑问。

叶咏琍在《儿童文学》一书里，给童话作如下的解释：

童话这一名词，在中国，到了清末才由日本词汇中引进，起初的含义广泛而含混，包括一切儿童可以接受的童话、传说、寓言、民间故事、儿童小说等，后来才严格加以区分开来，单指那些结构单纯，想像丰富的故事。而这些故事，全属虚构，在现实生活中，是似有实无的。[16]

假定“童话”一词是从日本被引进中国的，那么日本人对童话的界定又是怎样的呢？日本儿童文学评论家上笙一郎对童话有这样的说明：

所谓童话，是指将现实生活逻辑中绝对不可能有的事情，依照“幻想逻辑”，用散文形式写成的故事。在日本，从大正时代直到近年来，一直都把这种文学形式叫“童话”。由于“童话”这一词汇同时也作为儿童文学的同义语而使用，为了避免混乱，也可将这种儿童文学的形式称做“幻想故事”。这种儿童文学的目的，在于激发儿童的幻想力和想像力，把他们引导培育为感性丰富的人。一般认为，幻想故事是以神话、传说、故事等民间文学为母体，以现代思想和感觉为支柱，随着安徒生的出现而诞生的。以儒勒·凡尔纳为鼻祖的科学幻想小说，也应列入“幻想故事”的范围。从某种意义上说，“幻想故事”是一种更为地道的儿童文学的形式。[17]

“童话”一词，在日本有时又指广义的儿童文学，也颇混乱，与清末被引进中国时所产生的混乱相像。现在一般欧美儿童文学界把我们所说的童话称为“fantasy”，即幻想故事，而科学小说则是幻想故事的一种。

洪汛涛在《童话探索》一文中列出童话的5种不同定义，他说：

为儿童而作的故事。（日本词典）

专备儿童阅读的故事。（解放前词典）

依儿童的心理和需要编写的故事。（解放前词典）

儿童所阅之小说也。依儿童心理，以叙述奇异之事，行文粗浅，有类白话，故曰童话。（《辞源》）

儿童文学中的一种。通过丰富的想像、幻想、夸张来塑造形象，反映生活，对儿童进行思想教育。一般故事情节神奇曲折，生动浅显，对自然物往往作拟人化的描写，能适应儿童的接受能力。（《辞海》）

从以上解释中，可以看出，童话的概念在变化。一至四条，范围很广，包括童话与儿童小说，也没有说出童话的特点。第五条接近现在的概念，但过于琐细，其中有些话并非童话才有的特点。如果要我再来归纳一下，似可为，一种以幻想，夸张为表现手法的儿童文学样式。[18]

由上可见，童话一词，在清末初从日本引进时，其定义并不很明确，范围也很广，相当于专供儿童阅读的故事和小说。后来，童话的特质慢慢确定了，才与故事和小说区分开来，形成童话这种独立的儿童文学体裁。

2. 分类

(1) 古典童话和现代童话

童话是儿童文学的主流，也是最受儿童欢迎的一种文体，其领域随着时代而不断扩张，到了今天，可因其内容、发展及特殊风格，区分为古典童话和现代童话两大类。

许义宗的《儿童文学论》中以古典童话为“传统的民间故事或童话，没有明确的作者，它们都是由人口述，而一代代的传下来，尔后经人加以改编改写而成的”[19]。至于现代童话，许义宗说形式大致和传统童话一样，“但是它有明确的作者，富有创造性，有新的面貌，有新的内容，充满着丰富的想像，不仅鸟能言，兽能语，连人格化的玩具，机械也都成了童话中的角色”[20]。

叶咏琍的《儿童文学》中说古典童话是“最早的童话，是民间人们口头创作的，它的起源很早，流传极广，大约自有人类，便有它们的存在了。例如我国民间童话《田螺姑娘》、《蛇郎》、《马莲花》等”[21]。叶咏琍把古典童话和现代童话加以比较说：

古典童话的作者是人民大众，是无名氏，现代童话的作者则是有名有姓的了。他往往从改写民间童话出发，开辟出一条创作童话的道路来。如丹麦籍的安徒生，便是鼎鼎大名的代表者，他的作品，称为现代童话，或者艺术童话。

现代童话是个人的创作，与古典童话是集体的作品正好是相对的，但它也像古典童话一样，是作者从生活经验中提炼出来的菁华，经过艺术加工而成的。[22]

许义宗和叶咏琍的童话分类显然是参考美国儿童文

学的分类法而成的。许著的参考书目有赫克和库恩合著的《小学校里的儿童文学》（*Children's Literature in the Elementary School*）[23]，叶著的参考书目除了赫克和库恩此著外，还有萨瑟兰等著的《儿童和图书》（*Children and Books*）[24]。赫克和库恩著作的第四章为“传统文学”（Traditional Literature），内容包括有民间故事（folk tales）、寓言（fables）、英雄故事（epic literature）、神话故事（myths and mythic heroes）和圣经故事（The Bible as literature）[25]，统称之为古典童话。第七章为“现代幻想及诙谐故事”（Modern Fantasy and Humour），内容包括有现代神仙故事（modern fairy tales）、新北美民间故事（new tall tales）、现代幻想故事（modern fantasy）、科学小说（science fiction）和诙谐故事（humorous books）[26]，统称之为现代童话。

至于萨瑟兰等著的《儿童和图书》，则把古典童话分为民间故事（folk tales）、寓言（fables）、神话（myths）和英雄故事（epics）；至于现代幻想故事（modern fantasy），内容包括民间故事童话（fantasy with folk tale elements）、纯想象的故事（tales of pure imagination）、

会讲话的动物的故事（modern stories of talking beasts）、人格化的玩具及无生物的故事（personified toys and inanimate）、诙谐的想象故事（humorous fantasy）、科学小说（science fiction）等。[27]

（2）天然童话和人为童话

1913年，周作人在《童话略论》一文中把童话分为天然童话和人为童话，他的解释如下：

> 天然童话亦称民族童话，其对则有人为童话，亦言艺术童话也。天然童话者，自然而成，具种人之特色，人为童话则由文人著作，具其个人之特色，适于年长之儿童，故各国多有之。但著作童话，其事甚难，非熟通儿童心理者不能试，非自具儿童心理者不能善也。今欧土人为童话唯丹麦安兑尔然（Andersen）（按：即安徒生）为最工，即因其天性自然，行年七十，不改童心，故能如此，自郐以下皆无讥矣。故今用人为童话者，亦多以安氏为限，他若美之诃森（Hawthorne）（按：即霍桑）等，其所著作大抵复述古代神话，加以润色而已。[28]

周作人从民俗学的观点把童话分为天然童话和人为

童话，相当于今天儿童文学界把童话区分为古典童话和现代童话了。安徒生被公认为现代童话之父，他是人为童话的始创者。

(3) 民间童话和艺术童话

夏文运在《艺术童话的研究》一文中把童话分为民间童话和艺术童话：

> 来自民间的童话是说一民族、一社会、一地方的传统的故事和传说，是适合儿童的环境和顺应儿童的想像的倾向，能够十分的把童话的本质表现出来的；艺术童话是一般艺术家把他自己的灵魂投入儿童的世界，所创作出来的文艺作品，他的任务非常大的，可是他往往有失却童话真精神的危险。[29]

夏文运是从儿童教育的观点来把童话区分为民间童话和艺术童话，他还认为研究和创作艺术童话是“新人教育家的重大的责任”[30]。至于怎样研究和创作艺术童话呢？他说：

> 当根据心理学的研究，来穿凿儿童的心理作用的特性，依着顺应儿童精神作用的发达的阶段的材料和方法，来组成他

的内容，要自由活泼来发达儿童的精神作用。所以艺术童话的作家要像不管寒冷和危险跳进水里去救坠水的儿童一样，要钻入儿童的精神，儿童的身体里，去谋合他们的精神的作品出现。[31]

(4) 民间童话和创作童话

胡从经说周作人的自然童话“今称民间童话”，人为童话“今称创作童话”。[32]

叶咏琍在《儿童文学》一书中，就民间童话和创作童话有如此解释：

童话的主要渊源也是民间故事。很多童话直接从民间故事演变而来，也就是所谓民间童话。

长期以来，民间童话在广泛的流传中不断得到补充和改造，后来又经一些作家整理加工。较早对民间童话进行采集、整理的是十七世纪的法国作家贝洛尔。到十九世纪时，德国的语言学家格林兄弟也致力于民间童话的采集、整理和改写。世界童话大师安徒生早期的作品也大多取材于民间童话。

后来，有的作家由加工、改写进而独立创作童话，例如安徒生在后期就是这样。他的努力为此后的创作童话的发展奠定了重要的基础。[33]

这所谓“民间童话”和“创作童话”，正是今天中国儿童文学界通行的说法。

(5) 民间童话、民族童话和文学童话

贺宜在《简论童话》一文中则把童话分为民间童话、民族童话和文学童话，他说：

> 童话有好几种。它们的来源，大都是：一种是根据民间流传的口头童话加以搜集、整理加工的，叫做民间童话；根据各个民族流传的口头童话加以搜集、整理加工的，叫做民族童话；完全由个人创作的，叫做文学童话。[34]

其实，贺宜的所谓民间童话和民族童话是相当于古典或传统童话，而文学童话即是创作童话或现代童话了。

二
鲁迅时代的重要童话作家

1. 孙毓修（1871—1922）

鲁迅出生于清光绪七年（1881），当时中国还无所谓“儿童文学”，但“童话”一词，则应已从日本被引进来了，只是定义并不很明确，范围也很广泛，意思相当于后来的“儿童文学”。

孙毓修在上海商务印书馆编译所主编的《童话第一集》第一册《无猫国》于1909年10月初出版。[35] 当时鲁迅已29岁，在日本逗留了七年后回国，于该年8月担任杭州浙江两级师范学堂教员。[36]

胡从经在《晚清儿童文学钩沉》中说《无猫国》被误认为中国儿童文学诞生的标志，那是因为商务印书馆在《童话第一集》中的《玻璃鞋》之发端中写道：“《无猫国》要算中国的第一本童话。”[37]

大约在民国二年、三年（1913—1914），周作人已在《古童话释义》一文中指出《无猫国》不是中国的第一本童话：

> 中国自昔无童话之目，近始有坊本流行，商务童话第十四篇《玻璃鞋》发端云，“《无猫国》是诸君的第一本童话，在六年前刚才发现，从此诸君始识得讲故事的朋友，《无猫国》要算中国第一本童话，然世界上第一本童话要推这本《玻璃鞋》，在四千年前已出现于埃及国内”云云，实乃不然，中国虽古无童话之名，然实固有成文之童话，见晋唐小说，特多归诸志怪之中，莫为辨别耳。[38]

可是范奇龙在1983年出版的《茅盾童话选》中仍说孙毓修编写的《无猫国》是中国历史上第一本儿童文学作品。[39]这显然是因为误信了《玻璃鞋》之发端语中的话。

对于《无猫国》在中国童话史上的地位，洪汛涛有这样的说法：

孙毓修撰写的这篇《无猫国》，采自《泰西五十轶事》。这篇作品，如若以今天的童话概念来说，是不成其为童话的。但是，这篇作品开创了“童话”的先例。自此，中国有了“童话”这个名称了。

至今为止，我们所见到的最早起用“童话”此词的，即为《童话》此一刊物，《无猫国》此一作品。[40]

孙毓修所编译的《童话第一集》及《第二集》共94种98册。虽然其中的17种为茅盾以沈德鸿本名编撰，其他的个别作者还有谢寿长、高真常［41］、张继凯等，但大部分为孙毓修所编译或撰写［42］。

孙毓修所编的童话集中，大部分作品是翻译自外国童话或改编自中国历史故事，但也有少数自创童话，例如茅盾的《寻快乐》和《书呆子》便是。《寻快乐》于1918年8月出版，《书呆子》则于1919年3月出版。[43] 其实，《书呆子》不能算是童话，只能说是儿童写实故事（realistic story）。[44] 洪汛涛在《童话探索》一文中，认为：“中国现代的童话，资料表明，最早写的是茅盾。他的《寻快乐》写于1918年，他的《书呆子》写于1919

年。署名沈德鸿。”[45]《书呆子》也被误认为童话了。

孙毓修所编的童话集中的作品并非全为童话，亦包括了其他的儿童文学体裁，由此可见当时“童话”和“儿童文学”的概念混淆不清。就连鲁迅也把他自己翻译的《表》当作是童话了。其实，那是儿童小说。上笙一郎的《儿童文学引论》也说《表》是苏联最早出现的儿童小说之一。[46] 平心编辑的《全国儿童少年书目》也把《表》列入西洋儿童小说类。[47]

《表》系苏联班台莱耶夫所作，由鲁迅于1935年译成，上海生活书店出版。鲁迅在“译者的话”中说《表》是一篇中篇童话[48]，显然是受了日本槙本楠郎的日译本《金时计》的译者序言的影响[49]，以为《表》是一篇童话。于是鲁迅便“抱了不小的野心”，“要将这样的崭新的童话，绍介一点进中国来，以供孩子们的父母、师长，以及教育家、童话作家来参考”。[50]

由上可见，鲁迅对“童话”与“儿童文学”也不严加区别。究其原因有二：一是日本的“童话”和“儿童文学”二词是互相通用的；二是当时流行的孙毓修童话也包括了儿童小说、历史故事等非童话在内。当时人把凡是给儿童看的故事都当成是童话了。

在中国现代童话发展史上，孙毓修是有其贡献的，茅盾甚且称孙毓修为“现代中国童话的祖师”[51]。

孙毓修编写童话，能顾及儿童的心理特点。为了适应他们的兴趣和阅读能力，他按照儿童的年龄，把童话分为两集，第一集是为7岁、8岁的儿童编写的，每篇字数约五千字；第二集是为10岁、11岁的儿童编写的，每篇字数约一万字。[52]

至于孙毓修编写这些童话的目的，则是为了对儿童读者进行品德教育和知识教育。他在《童话第一集》的广告中说：

> 故东西各国特编小说为童子之用，欲以启发知识，涵养德性，是书以浅明之文字，叙奇诡之情节；并多附图画，以助兴趣；虽语言滑稽，然寓意所在必轨于远，童子阅之足以增长德智。[53]

孙毓修在每篇童话之前，还仿照宋元评话话本的格式，写一篇楔子式的评语，说解故事内容，使儿童易于了解。

在取材方面，孙毓修也有自己的标准，除了上述的情节奇诡、语言滑稽及有所寓意等项外，他还取材于古书。他在《童话序》中说：

> 吾国之旧小说，既不足为学问之助，乃刺取旧事与欧美诸国之所流行者，或童话若干集，集分若干编，意欲假此以为群学之兄弟，后生之良友，不仅小道可观而已。[54]

所谓“旧事”，即是从中国古籍中取材，范围广泛，包括史书、话本、传奇、小说、戏曲、笔记等。[55] 至于“欧美诸国之所流行者”，即将一些外国儿童文学名著改写成故事，包括以下作品：

> ……有拉斯别的《傻男爵游记》，有安徒生的《海公主》、《小铅兵》，有贝洛的《睡美人》、《母鹅》，有格林兄弟的《玻璃鞋》、《大拇指》，有斯维夫特的《大人国》、《小人国》，也有《伊索寓言》、《天方夜谭》、《泰西轶事》中的故事，以及列夫·托尔斯泰、王尔德等作家的作品。[56]

洪汛涛对孙毓修的童话选材批评说：

前者，是一些历史故事、传奇故事，今天来看，还不能说是童话。孙毓修当时对继承中国童话特别是民间童话方面，是比较疏忽的。因为，他当时对于“童话”这样一个新样式，认识不可能是很完整的，这是历史的限制。

后者，可以说是比较有系统地介绍了当时外国的一些童话名作了。这些作品的系统的介绍，影响大大超过了前者，这一些富于幻想的，大胆夸张的外国作品，给了中国的文学界很大的启发，中国的文学界不少人开始写童话了。[57]

后来的一些作家如张天翼、张若谷等都确曾受了孙毓修的启发。

张天翼在回忆幼年的生活时说：

在初小有一次开全城小学运动会，我去参加五十码赛跑，得了第二，发给我许多奖品：十几册商务印书馆的童话，孙毓修先生编的。书上的字我有许多不认识，母亲就读给我听。于是渐渐地自己能看了，又买了一些书，借了一些书来看。商务印书馆和中华书局那时所出的童话都全看了。[58]

张若谷也这么说：

在我孩童时代，唯一的恩物和好伴侣，最使我感到深刻的印象的，是孙毓修的《大拇指》、《三问答》、《无猫国》、《玻璃鞋》、《红帽头》、《小人国》……等。[59]

在中国童话史上，孙毓修的贡献是很大的。在他的时代，儿童生活并不怎么受重视，还没有所谓“儿童文学”，而孙毓修却能开风气之先，编写童话，并且注意儿童的阅读心理和年龄特点，编写有趣味的读物，难能可贵。自孙毓修的《童话》开始，中国的儿童读物中才有了“童话”一类。这一类书，“情节奇诡”，“语言滑稽”，既有寓意，又充满幻想，深能吸引少年儿童。

孙毓修虽然撰写了不少童话，但却只是述而不作。所以，洪汛涛说：

孙毓修是一位童话的辟径者，可惜他还不能算是一位童话作家，因为他撰写的这些作品，几乎都是改写的，或译述的，他没有留下创作的童话作品。[60]

这未尝不是一件憾事，但称孙毓修为中国现代童话的祖师，他也是当之无愧的。

2. 茅盾（1896—1981）

茅盾的文学生涯是从儿童文学开始的。1916年，20岁的茅盾进入上海商务印书馆编译所，当孙毓修的助手，帮他编《童话》，并且尝试写童话。他一口气编写了《大槐国》等28篇童话。[61]

茅盾刚进入商务印书馆时，翻译科学小说《三百年孵化之卵》，发表于1917年商务印书馆出版的《学生杂志》上。[62] 同年10月商务印书馆出版《中国寓言初编》，署名沈德鸿（茅盾本名）编纂、孙毓修校订。1918年，茅盾与弟弟沈泽民合译美国洛赛尔·彭特（Russell Bond）所著科学小说《两月中之建筑谭》，刊载于《学生杂志》月刊第五卷上，又编写科学读物《衣》、《食》、《住》，由孙毓修校订，商务印书馆1918年4月初版。[63]

当孙毓修编的《童话》丛书出版到近50种时，茅盾才参与这套书的编译工作。他的17本童话集被列入《童话第一集》的第69篇至第89篇之中。[64]

现根据胡从经在中华书局图书馆找到的茅盾童话17

种及出版年月，引录如下［65］：

《大槐国》(1918年6月)，《千匹绢》(1918年6月)［66］；《负骨报恩》(1918年7月)；《狮骡访猪》(包括《狮骡访猪》、《狮受蚊欺》、《傲狐辱蟹》、《学由瓜得》、《风雪云》，1918年8月)；《平和会议》(包括《平和会议》、《蜂蜗之争》、《鸡鳖之争》、《金盏花与松树》、《以镜为鉴》，1918年9月)；《寻快乐》(1918年11月)，《驴大哥》(1918年11月)；《怪花园》(1919年1月)，《蛙公主》(1919年1月)，《兔娶妇》(包括《兔娶妇》、《鼠择婿》、《狐兔入井》，1919年1月)；《书呆子》(1919年3月)；《一段麻》(1919年5月)；《树中饿》(1919年6月)［67］；《牧羊郎官》(1919年7月)［68］，《海斯交运》(1919年7月)；《金龟》(1919年10月)；《飞行鞋》(1920年10月)。

以上列举的童话，共17种27篇，均列入孙毓修主编的《童话第一集》中。茅盾编写的第28篇童话为《十二个月》，署名沈德鸿译，载于郑振铎编的《童话第三集》。［69］

茅盾童话的取材大致可分为三类：第一类取材自中

国古籍里的传统故事和民间童话，如唐人传奇、宋元话本、明清小说等。如《大槐国》是根据唐朝李公佐所撰传奇《南柯太守》改编的;《千匹绢》、《负骨报恩》和《树中饿》同出《今古奇观》;《牧羊郎官》选自《汉书》;《学由瓜得》和《以镜为鉴》则是中国民间故事。[70]

第二类取材自外国故事，加以译述。如选自《格林童话》的《蛙公主》、《怪花园》、《海斯交运》和《飞行鞋》;《金龟》取自《天方夜谭》;《狮骡访猪》、《平和会议》和《兔娶妇》中的篇什大都译自《伊索寓言》和《希腊寓言》。[71]

第三类是茅盾自己的创作。洪汛涛说《寻快乐》、《书呆子》、《一段麻》、《风雪云》、《学由瓜得》等都是茅盾自创的。[72] 范奇龙也认为这5篇都是直接取材于现实生活的创作。[73] 魏同贤认为只有《寻快乐》、《一段麻》和《书呆子》才是茅盾个人的创作。[74] 而胡从经则认为只有《寻快乐》和《书呆子》两种。[75] 但是孔海珠认为《书呆子》的创作成份颇多，只有这篇才是茅盾的创作。[76] 根据孔海珠的考证，《学由瓜得》

和《风雪云》都是寓言故事，收入《狮骡访猪》者多译自《伊索寓言》和《希腊寓言》，而《学由瓜得》则是中国民间故事，由于故事短且寓意深刻，也就汇编在一起。《一段麻》是根据爱尔兰作家玛丽亚·埃寄华斯的《不要浪费，不要妄取》编译的。[77] 至于《寻快乐》，故事来源自剧本《求幸福》，刊载于《学生杂志》第五卷第十期及第十一期（1918年10月、11月）上，署名雁冰，全剧英汉对照。剧本《求幸福》和童话《寻快乐》在人物和情节上很相像，而且《寻快乐》出版后于《求幸福》，在版权页上有“编译”两字，因此可以推断《寻快乐》是从剧本《求幸福》改编过来的。[78] 由此看来，茅盾创作的童话，实际只有《书呆子》一篇。

其实《书呆子》不算是一篇童话，因为里面完全没有童话中不可缺少的幻想成分，它是属于写实故事类。茅盾创作这则故事有其教育目的：

现在人心不古道，学堂之中，有用心读书的学生，同学们便齐声叫他书呆子，笑他，奚落他，好像做了什么不端事情似的。这种情形，莫说是玩笑小事，实是学校中最坏的习气。见地不牢固的人，每因同学们的嘲侮，把勤学之心渐渐抛却，流入浮荡一流去了。在下就为这个原故，编这本《书呆子》童话，希望小学生看了，不用功的变为用功；用功的更加用功，再不把书呆子三字笑人，那就好了。[79]

《书呆子》叙述两个小学生看蜜蜂分房的故事。那个被唤作“书呆子”的同学，因为从书中获得了蜜蜂分房的知识，因此当另一位同学被蜜蜂侵袭时，他懂得怎样去救那位同学。由此说明了爱看书的同学并非“书呆子”。茅盾一向重视科学知识，并且热心推介，在他编译童话之前，曾经翻译科学小说和编写科学读物。因此，这篇根据养蜂知识写成的故事，应是茅盾自己的创作。只因当时童话一词的定义还不明确，童话的概念仍很模糊，成为儿童文学的同义词。因此《书呆子》也被列入《童话》丛书了。[80]

孔海珠将茅盾编译童话的方法归纳为两种：

一种是保持原作的故事和风格，不作大的改动；另一种是对原作进行加工，选取故事的主要情节和人物，改编成适合中国读者阅读的故事，茅盾把这一办法称之为“西学为用，中学为体"。第一种方法，故事简洁明了，开门见山，如译自格林童话的几种，故事一开头就交代了地点和人物，然后直接展开故事，马上把读者带到童话的意境之中……第二种方法是经过改写的，如前面提到《寻快乐》，作者把它改编成中国故事，并在最后写道："勤俭越久，快乐越多，那快乐的味儿也越真。诸位不信，要清早醒来之时，把一日所做的事，彻底一想，便见得此话不错了。"……这种写法，使翻译作品的形式变得具有浓厚的中国白话小说风格，使读者乐于阅读，这是茅盾在编译外国作品上的一个创造和特点。[81]

有关"西学为用，中学为体"的童话翻译方法，茅盾在1935年写的《关于"儿童文学"》一文中回忆说：

我们有所谓"儿童文学"早在三十年以前。因为我们那时候的宗旨老老实实是"西学为用"，所以破天荒的第一本"童话"《大拇指》（也许是《无猫国》，记不准了），就是西洋的儿童读物的翻译。以后十年内——就是二十年前，我们翻译了不少的西洋的"童话"来。在尚有现成的西洋"童话"可供翻译时，我们是曾经老老实实翻译了来的，虽然翻译的时候不免稍稍改头换面，因为我们那时候很记得应该"中学为体”的。[82]

茅盾又根据他自己翻译童话和其他儿童读物的经验，总括了他对儿童文学翻译的看法：

我们知道翻译“儿童文学”真不容易。译文既须简洁平易，又得生动活泼；还得“美”，而这所谓“美”决不是夹用了“美丽的词句”（那是文言的成份极浓厚的）就可获得；这所谓“美”，是要从“简洁平易”中映射出来。我们的苛刻的要求是：“儿童文学”的译本不但要能给儿童认识人生，（儿童是喜欢那些故事中的英雄的，他从这些英雄的事迹去认识人生，并且沟成了他将来做一个怎样的人的观念，）不但要能启发儿童的想像力，并且要能给儿童学到运用文字的技术。[83]

茅盾主张儿童文学应该有教育作用。他曾经用“惕”的笔名在1936年发表了一篇题目为《再谈儿童文学》的文章，里面这样说：

我是主张儿童文学应该有教训意味。儿童文学不但要满足儿童的求知欲，满足儿童的好奇好活动的心情，不但是启发儿童的想像力，思考力，并且应当助长儿童本性上的美质：——天真纯洁，爱护动物，憎恨强暴与同情弱小，爱美爱真……等等。所谓教训的作用就是指这样地“助长”和“满足”和“启发”而言的。[84]

早在1918至1920年，当茅盾还在撰《童话》丛书中篇章时，便已注意到童话的教育意义了。他的17本童话集子中的每一则故事，都含有“教训意味”，正如孔海珠所说：

茅盾编撰的童话，首先注意知识面，在十七本童话中包罗了中外古今各个方面，接触各种题材，帮助他们开拓视野，启迪心智；其次注意作品的教育意义，他认为童话是一种有力的教育手段，好的童话往往能把一些抽象的道理和道德观念变得具体生动，使儿童乐于接受，如《寻快乐》的改编就是一例，童话比剧本更加通俗、准确、形象地表达了如何才能寻到快乐这个主题，教育意义也就更加深刻。[85]

为了达到教育目的，茅盾尽量使每篇童话的主题思想都能鲜明地表现出来。其手法是：

……在故事的开头或结尾，用提示的方式点题。这有助于儿童理解作品的主题，使儿童读物更浅显易懂。如《海斯交运》，结束时说明："编书人不怪海斯愚笨，只怪他贪心不足，见异思迁。第二，天下的事，终没有十完十美的，只要自己有见识，有耐心，无事不可做到。"在《牧羊郎官》一文中，则开头就交代说："在下编这本童话，有两层意思，一要叫看官们晓得立的根本，并不专是念了几句书，借此得一个官，就算完了事，须要有益于国家，有功于社会。二要叫看官晓得两千年前，已有人从事实业，显著成效，却又挥金如土，屡次报效国家，一无所求，和近日的实业教育、国家主义相合，我们生当今世，安可反不如他。"[86]

其实茅盾只是沿袭了孙毓修的做法。所不同的是，孙毓修是在每篇童话之前，写一篇楔子式的评语，而茅盾则把题解写在童话的开头或结尾。

茅盾重视儿童文学的教育意义，这一点是和鲁迅一样的。虽然两人都有这样的见解，但是，他们也都不赞成向儿童说教，一味教训。

1935年，上海市政府将当年4月4日至下一年4月3日这一整年定为"儿童年"。当时，许多儿童刊物都对儿童大加教训。鲁迅和茅盾其时都在上海，对此都有批评。

鲁迅在《难答的问题》一文中说：

> 大约是因为经过了“儿童年”的缘故罢，这几年来，向儿童们说话的刊物多得很，教训呀，指导呀，鼓励呀，劝谕呀，七嘴八舌，如果精力的旺盛不及儿童的人，是看了要头昏的。[87]

茅盾也表示反对，他写了三篇文章，评论当时出版的儿童刊物。在《关于“儿童文学”》一文中，茅盾批评当时中国的儿童文学，颇像契诃夫批评苏联的儿童文学一样，是“狗文学”，大部分是西欧文艺作品的译本。他说：

> 近年来，似乎因为“现成”的材料差不多用完了，于是像契可夫所说的那种割裂西洋文艺作品“改制”成的“儿童文学”也稍稍出现。一些儿童读的定期刊差不多全靠这一批货在那里撑场面。然而我们贵国人究竟强些，即使是裁缝那样“改旧料”罢，那“旧料”倒也还是直接运自西洋，并没假手于“译本”。因为西洋文学的“译本”可以“改制”为“儿童文学”的，我们的市场上也非常之“缺”！[88]

对于占了最大多数的文艺性儿童读物，茅盾批评说：

我们觉得这一方面实在是一个大垃圾堆。这垃圾堆里除了少数的西洋少年文学的译本而外，干净的有用的东西竟非常之少。然而那些西洋少年文学的译本也大多数犯了文字干燥的毛病，引不起儿童的兴味。往往有些在西洋是会叫儿童读了忘记肚子饿的作品翻译了过来时，我们的儿童读了却感得平淡。[89]

最后，茅盾对于“儿童年”之后的儿童文学，提出了这样的要求：

在材料方面，千万请少用些舶来品的王子，公主，仙人，魔杖，——或者什么国货的吕纯阳的点石成金的指头，和什么吃了女贞子会遍体生毛，身轻如燕，吃了黄精会经年不饿长生不老——这一类的话罢！在文字方面请避免半文半白的字句，不必要的欧化，以及死板枯燥的叙述（narrative）；请用些活的听得懂说得出的现成的白话！［90］

在《几本儿童杂志》一文中，茅盾从12种上海出版的儿童定期刊物中选择了6种来评论，他特别反对儿童书局出版的《儿童杂志》半月刊过于着重教训意味。茅盾说：

办这刊物的人不是没有“宗旨”的。因此它的内容就比较的整饰。中级的和高级的，不过是程度之差，它们的“精神”是一贯的。无论是“歌曲”，是“公民故事”，是“日记”，是“俗语辞典”（中级），或“成语辞典”（高级），是“戏剧”，是“辩论会”，……都有一贯的“教训的”意味。而这“教训”的中心就是“怎样做一个健全的公民”，——换一句俗语，就是怎样做一个“四平八稳的好人”！这一个“宗旨”也就使得《儿童杂志》成为“四平八稳”的刊物。

……普通儿童读物里常有的“幻想”（fancy）和“怪诞”（grotesque）的材料，在《儿童杂志》里是没有的；不，甚至于阔大的，紧张的，热闹的，繁复的，绚烂的“场面”，——凡可以满足儿童的好奇心，刺激儿童的想像力的材料，在《儿童杂志》里也是没有的。从“歌曲”到“笑话”，从“故事”到“图画”，所有中高两级的《儿童杂志》都是“四平八稳”的，——都有一贯的精神：“中庸主义”！

我们并不是无条件反对儿童读物的“教训主义”。但是我们以为儿童读物即使是“教训”的，也应当同时有浓厚的文艺性；至于“故事”，“戏剧”等等完全居于儿童文学范围内的作品，自然更应当注重在启发儿童的文艺趣味，刺激儿童的想像力了。儿童文学当然不能不有“教训”的目的，——事实上，无论那一部门的儿童文学都含有“教训”，广义的或狭义的；但是这“教训”应当包含在艺术的形象中，而且亦只有如此，这儿童文学才是儿童的“文学”而不是“故事化”的“格言”或“劝善文”。[91]

1936年1月，茅盾又在《再谈儿童文学》一文中对凌叔华的《小哥儿俩》里面的5篇作品加以评论，特别赞赏作品写儿童的天真和纯洁。他说：

凌女士这几篇并没有正面的说教的姿态，然而竭力描写着儿童的天真等等，这在小读者方面自会发生好的道德的作用。她这一“写意画”的形成，在我们这文坛上尚不多见。我以为这形式未始不可以再加以改进和发展，使得我们的儿童文学更加活泼丰富。[92]

茅盾的文学主张和鲁迅大致相同，在儿童文学的主张上也是如此。茅盾的这种主张，终其一生，都是一贯的。他晚年对于儿童文学，仍然重视其教育意义，但他不赞成把教育意义和政治性等同起来。他说：

解放以后，从事儿童文学者都特别注重于作品的教育意义，而又把所谓“教育意义”者看得太狭太窄，把政治性和教育意义等同起来，于是就觉得可写的东西不多了，这真是作茧自缚。[93]

茅盾童话的另一个特点是用流畅的白话文抒写，比孙毓修的白话文更简洁、易读。诚如孔海珠所说：

茅盾童话的语言特点，和孙毓修的童话一样，开创了白话童话这个文学样式，而且，他的童话比孙毓修的更加简洁，平易，生动活泼，适合少年儿童阅读。结束了过去文言“儿童读本”的时代。虽然在前几本童话中，语言上文言的成份较浓，但这是新文学产生时新旧交替的自然现象。从第一本童话《大槐国》到一年后编译的《金龟》，再过一年后出的《飞行鞋》，在思想和艺术上都有很大提高。《飞行鞋》的译笔流畅，文字生动，完全摆脱了过去旧文学作品的格调，在《金龟》中还有“按下……不讲，且说……”这样的句式，在《飞行鞋》中则已完全消除。[94]

儿童文学的语言艺术是不容忽略的。茅盾从他早期编撰童话时开始便注意到这个问题了。而且十分注重其文字。他在1961年写的《一九六零年少年儿童文学漫谈》一文中批判了当时儿童文学的创作情况。他特别提到儿童文学作品的文字问题：

……少年儿童文学作品的文字是否应当有它的特殊性？我看应当有，而且必须有。是怎样的特殊性呢？依我看来，语法（造句）要单纯而又不呆板，语汇要丰富多采而又不堆砌，句调要铿锵悦耳而又不故意追求节奏。少年儿童文学作品要求尽可能少用抽象的词句，尽可能多用形象化的词句。但是这些形象化的词句又必须适合读者对象（不同年龄的少年和儿童的理解力和欣赏力）。[95]

1918年5月鲁迅的第一篇小说《狂人日记》发表在《新青年》第四卷第五号上，发出了“救救孩子”的呼声。就在同年6月，茅盾为孩子编译的第一篇童话《大槐国》由商务印书馆出版，也可说是回应了鲁迅的呐喊。从《大槐国》开始，茅盾终其一生都很关注中国的儿童文学事业。在儿童文学的众多形式中，他特别重视童话。

这跟鲁迅也是不谋而合的。

1961年8月茅盾在《上海文学》发表《一九六零年少年儿童文学漫谈》。文中就指出童话作品非常缺乏，希望能引起儿童文学界的注意和补救。他说：

总而言之，我们的少年儿童文学中非常缺乏所谓“童话”这一个部门，而且，进行社会主义、共产主义思想教育的童话究竟应当采用什么问题（去年是题材之路愈来愈窄），应当保持怎样的风格，这些问题在去年的论争中都还没有解决。[96]

对于在1960年内所发表的6篇童话，茅盾又批评说：

六零年最倒楣的，是童话。我们提到过六篇童话，都是发表在定期刊物上的；《少年文艺》二月号一口气登了两篇，可是后来却一篇也没有了。这说明了自此以后，童话有点抬不起头来。六篇童话之中，用了动植物拟人化的，居其五篇，可是，这五篇都不能算是成功之作。故事的情节陈旧（例如幼小的动物不听话，乱跑乱闯，结果吃了苦头了，文字亦无特色。如果从“理论”上来攻击动植物拟人化的评论家实不足畏，那么，动植物拟人化作品本身的站不住，却实在可忧。另一篇童话《五个女儿》，却是难得的佳作。主题倒并不新鲜，五个女儿遭到后父的歧视，以至谋害，然而因祸得福。特点在于故事的结构和文字的生动、鲜艳，音调铿锵。通篇应用重叠的句法或前后一样的重叠句子，有些句子像诗句一般押了韵。所有这一切的表现方法使得这篇作品别具风格。我不知道这篇作品是否以民间故事作为蓝本而加了工的，如果是这样，作者的技巧也是值得赞扬的。[97]

茅盾很欣赏和推崇安徒生的童话。他曾翻译安徒生的《皇帝的衣服》（刊于《小说世界》周刊一卷三期，1923年1月）[98]；翻译了《雪球花》（刊于《文学月刊》四卷一期，1935年1月）[99]；同年4月又写成《读安德生》一文，赞扬安徒生童话的写作技巧[100]。1979年12月茅盾在《少儿文学的春天到来了!》一文里，再一次回顾1960年儿童读物的偏差情况，主张以安徒生为学习榜样，要求儿童文学作家提高自己作品的思想性和艺术性。他说：

“前事不忘，后事之师”；回顾这一段往事，是要总结经验，解决思想，开辟新路。一九六零年那些少年儿童文学的题材仍可应用（当然要用那些为四个现代化服务的题材），但必须注意作品的艺术性，使其生动活泼，虽然达不到安徒生童话的高水平，但至少要学习安徒生的童话，吸取其精华，化为自己的血肉。[101]

这些话虽是在1979年说的，却是茅盾一贯的主张。他早年的童话作品，也是和他的主张相一致的。

鲁迅也是十分喜爱童话的。早在1909年的2月，鲁迅还在日本读书时便和周作人合译了《域外小说集》二册，在日本出版。其中第一篇便是英国王尔德的童话《安乐王子》，由周作人翻译，这是中国最早翻译的王尔德童话。[102]

茅盾和鲁迅还有一点很相像的是，他们在翻译童话之前，都翻译过科学小说。鲁迅在1903年和1905年先后翻译了法国凡尔纳的《月界旅行》和《地底旅行》。此后他翻译的大部分是童话，再也没有翻译科学小说了。茅盾在编译《童话》丛书之前，最早翻译的科学小说是《三百年后孵化之卵》，发表于《学生杂志》月刊四卷一、二、四号（1917年1月20日至4月5日）。后来又翻译了《两月中之建筑谭》，发表于《学生杂志》月刊五卷一至四及六、八、九、十二号（1918年1月5日至12月5日）。[103] 此后他便致力于编纂《童话第一集》和中外神话的翻译、研究，再也没有翻译科学小说了。

孙毓修是中国编辑儿童读物的第一人，而茅盾从事儿童文学的工作是从帮助孙毓修编辑《童话》系列丛书开始的。从1918年至1923年，茅盾编撰了28篇童话，他在改编中国民间故事、吸收外国童话和创作童话三方面，都有尝试，为“五四”时期的童话发展开辟了三条途径，这是一般评论者对他的评价。[104]

3. 叶圣陶（1894—1988）

1935年上海生活书店出版了平心编辑的《全国儿童少年书目》，里面收录了三千种儿童少年读物。其中创作童话只有6种：叶绍钧（叶圣陶）的《稻草人》和《古代英雄的石像》；朱星如的《石狮》；谢六逸的《彗星》；孟尧松的《灯花仙子》；张天翼的《大林和小林》。[105]

张梓生认为:“中国出版的单行童话，要算商务印书馆的《无猫国》为最早。”[106] 从1909年的《无猫国》开始，中国通过翻译引进了不少外国童话，可是创作童话却十分缺乏，到了1935年，也才只有上述6种。其中最著名和具有深远影响力的首推叶绍钧《稻草人》。

鲁迅于1935年在《表》的“译者的话”里曾这样评价《稻草人》:

> 十来年前，叶绍钧先生的《稻草人》是给中国的童话开了一条自己创作的路的。不料此后不但并无蜕变，而且也没有人追踪，倒是拼命的在向后转。看现在新印出来的儿童书，依然是司马温公敲水缸，依然是岳武穆王脊梁上刺字；甚而至于“仙人下棋”，“山中方七日，世上已千年”；还有《龙文鞭影》里的故事的白话译。这些故事的出世的时候，岂但儿童们的父母还没有出世呢，连高祖父母也没有出世，那么，那“有益”和“有味”之处，也就可想而知了。[107]

鲁迅这番话是因为看了《金时计》的译者序言，有感而发的。当时日本可读到的外国童话，几乎都是旧作品。“总之，旧的作品中，虽有古时候的感觉、感情、情绪和生活，而像现代的新的孩子那样，以新的眼睛和新的耳朵，来观察动物、植物和人类的世界者，却是没有的。”[108]

鲁迅翻译《表》的目的，就是要把这个“崭新”的童话，介绍给中国的父母、教师、教育家和童话作家作参考。其实，《表》的“崭新”，乃在于它是一篇有时代气息的儿童写实小说（realistic fiction）。当时，以现实生活为题材的儿童文学作品十分少有，而其中最有影响力的，就只有叶圣陶的童话了。

《稻草人》发表于1922年，被公认为中国第一篇优秀的现实主义童话。从1921年写第一篇童话《小白船》起，到1936年为止，叶圣陶总共创作了四十多篇童话。1923年出版的第一本童话集就以《稻草人》命名，1931年又出版了第二本童话集《古代英雄的石像》。[109]

鲁迅当日说叶圣陶的《稻草人》“是给中国的童话开了一条自己创作的路的”，他的意思是希望中国作家注重儿童文学的创作，同时也慨叹自叶圣陶的《稻草人》出

叶圣陶《稻草人》(上海商务印书馆，1923年11月)书影，创作于1922年

版之后的十多年，中国儿童文学的创作仍然寥寥可数。而鲁迅所说的《稻草人》其实也不单指《稻草人》这篇童话，他是指以《稻草人》为名的童话集，因为叶圣陶的第一篇创作童话是《小白船》。鲁迅并没有详细评论叶圣陶的童话，倒是后来的人为他这句“是给中国的童话开了一条自己创作的路的”作了不少的解释。

蒋风在《试论叶圣陶的童话创作》一文中说：

> 叶圣陶的童话创作，虽然在某些方面也曾受安徒生、王尔德、爱罗先珂的童话作品的影响，但决不是西欧童话的模制或翻版。他的童话的绝大部分，思想内容上是当时中国社会现实生活的反映；艺术风格上具有一定的民族特色，并且有独特风格的一种崭新的艺术创造。[110]

蒋风又认为叶圣陶的创作童话，对当时“反动的儿童文学理论”有着巨大的“战斗作用”。所谓“反动的儿童文学理论”，是指“‘五四’以后，在中国儿童文学领域内出现一股逆流，那就是以胡适和周作人为代表的一伙资产阶级‘学者’，他们大事贩卖以资产阶级的伪‘儿童学’为基础的反动的儿童文学理论。他们以为儿童文学可以没有内容，可以单纯为了娱乐，可以不管教育的任务，企图借此阉割儿童文学的思想性，否认儿童文学的教育作用”[111]。蒋风接着解释叶圣陶童话的“战斗作用”说：

正当这种反动的论调有着比较广阔的市场，左右了“五四”至左联成立这一时期的儿童文学的批评和创作之际，叶圣陶却以一个革新者的姿态，写了如《稻草人》及以后许多篇具有深刻思想性的现实主义的童话作品，这行动本身就是一个斗争。作者以他的创作实践来和反动的儿童文学理论作斗争，而这又是处于当时和右翼资产阶级文学的斗争几乎是鲁迅先生孤军作战的情况下，就更显出叶圣陶这一创作实践，对于儿童文学领域内两条道路斗争的重大意义。[112]

蒋风认为叶圣陶能走上童话创作的路，是由于两个有利的因素：

一方面是他长期生活在孩子们中间，使他深透地理解孩子们的心灵，了解孩子们的需要，使他能保持着孩子们对待事物的那种特别的敏感和异常丰富的想像力。另一方面，由于小学教师比较能自由地接近社会基层的广大人民，使他能扩大视野，扩大生活知识；使他能冷静地观察人生，客观地、真实地认识那个丑恶的社会的现世相，感受到广大人民生活的疾苦。这些因素，使叶圣陶童话成了丰富的诗意的幻想和强烈的社会批判的内容的交织，摆脱了模制西欧童话的窄道，抵制了反动的儿童文学理论的影响，为“中国的童话开了一条自己创作的路”。[113]

樊发稼在《叶圣陶和他的童话代表作稻草人》一文中引用鲁迅的话赞誉叶圣陶的童话说：

著名童话《稻草人》创作和发表于一九二二年。这是我国第一篇优秀的现实主义童话；也是叶圣陶的童话代表作。鲁迅于一九三五年在《表·译者的话》中指出：“十来年前，叶绍钧先生的《稻草人》是给中国的童话开了一条自己创作的路的。”鲁迅在回顾和总结“五四”以后十几年间我国儿童文学发展道路时说的这番话，概括了叶圣陶在开创我国新童话创作中不可磨灭的贡献。[114]

樊发稼更进一步说：

在叶圣陶之前，我国基本上还没有真正称得上是童话的儿童文学作品，当时的小读者所能读到的，除了我国一些传统的民间故事、传说和神话外，就是刚刚被翻译介绍过来的为数不多的外国童话。以《稻草人》为代表的反映现实生活的叶圣陶的童话，在中国现代儿童文学史上，具有重要的里程碑意义，使那些脱离实际、盲目摹仿外国作品，公式化严重的“创作”黯然失色。叶圣陶的童话，明确地显示了现实主义儿童文学的方向，开创了我国儿童文学的新天地。叶圣陶是第一个用童话这一个文学样式反映现实生活的作家，他是我国现实主义童话创作的拓荒者和奠基人。[115]

浦漫汀《童话创作四题》则提出四个问题：一是幻想性，二是现实性，三是情感性，四是民族性。他引鲁迅的话，认为《稻草人》开创了富有民族风格的童话：

“给中国的童话开了一条自己创作的路”的叶圣陶的《稻草人》主要特点就是民族风格。这当然与语言有关，但重要的是作家从我国人民和儿童的现实生活中撷取了题材，提炼了主题，深刻地反映了我们民族的思想感情和在三座大山压迫下的悲惨遭遇。[116]

至于叶圣陶创作童话的经过，在距离他创作第一篇童话《小白船》（1921年11月15日）差不多六十年之后，

1980年他在《我和儿童文学》一文中回忆说：

我写童话，当然是受了西方的影响。“五四”前后，格林、安徒生、王尔德的童话陆续介绍过来了。我是个小学教员，对这种适宜给儿童阅读的文学形式当然会注意，于是有了自己来试一试的想头。还有个促使我试一试的人，就是郑振铎先生，他主编《儿童世界》，要我供给稿子。《儿童世界》每个星期出一期，他拉稿拉得勤，我也就写得勤了。

这股写童话的劲头只持续了半年多，到第二年六月写完了那篇《稻草人》为止。为甚么停下来了，现在说不出，恐怕当时也未必说得出。会不会因为郑先生不编《儿童世界》了？有这个可能，要查史料才能肯定。[117]

叶圣陶对于自己的童话，则有以下的看法：

《稻草人》这本集子中的二十三篇童话，前后不大一致，当时自己并不觉得，只在有点儿什么感触，认为可以写成童话的时候，就把它写了出来。我只管这样一篇接一篇地写，有的朋友却来提醒我了，说我一连有好些篇，写的都是实际的社会生活，越来越不像童话了，那么凄凄惨惨的，离开美丽的童话境界太远了。经朋友一说，我自己也觉察到了。但是有什么办法呢？生活在那个时代，我感受到的就是这些嘛。所以编成集子的时候，我还是把《稻草人》这个篇名作为集子的名称。[118]

叶圣陶只是用童话这种文学体裁来诉说他所感受的凄惨人生，他忽略了他的读者对象是儿童，因而缺乏了儿童趣味，只能说是成人童话。他自己也觉察到了这个缺点。

那么，郑振铎对叶圣陶的童话又有怎样的看法呢？他说：

圣陶最初动手作童话在我编辑《儿童世界》的时候。那时，他还梦想一个美丽的童话的人生，一个儿童的天真的国土。我们读他的《小白船》、《傻子》、《燕子》、《芳儿的梦》、《新的表》及《梧桐子》诸篇，显然可以看出他努力想把自己沉浸在孩提的梦境里，又把这种美丽的梦境表现在纸面。然而，渐渐地，他的著作情调不自觉地改变了方向。他在去年一月十四日写给我的信上曾说："今又呈一童话，不识嫌其太不近于'童'否？"在成人的灰色云雾里，想重现儿童的天真，写儿童的超越一切的心理，几乎是个不可能的企图。圣陶的发生疑惑，也是自然的结果。我们试看他后来的作品，虽然他依旧想用同样的笔调写近于儿童的文字，而同时却不自禁地融化了许多“成人的悲哀”在里面。固然，在文字方面，儿童是不会看不懂的，而那透过纸背的深情，儿童未必便能体会。大概他隐藏在他的童话里的“悲哀”分子，也与柴霍甫（A. Tchekhov）在他短篇小说和戏曲里所隐藏的一样，渐渐地，一天一天地浓厚而且增加重要。他的《一粒种子》、《地球》、《大喉咙》、《旅行家》、《鲤鱼的遇险》、《眼泪》等篇，所述还不很深切，他还想把“童心”来完成人世间所永不能完成的美满的结局。然而不久，他便无意地自己抛弃了这种幼稚的幻想的美满的“大团圆”。如《画眉鸟》，如《玫瑰和金鱼》，如《花园之外》，如《瞎子和聋子》，如《克宜的经历》等篇，色彩已显出十分灰暗。及至他写到快乐的人的薄幕的破裂，他的悲哀已造极顶，即他所信的田野的乐园此时也已摧毁。最后，他对于人世间的希望便随了稻草人而俱倒。“哀者不能使之欢乐”，我们看圣陶童话里的人生的历程，即可知现代的人生怎样地凄凉悲惨；梦想者即欲使它在理想的国里美化这么一瞬，仅仅一瞬，而事实上竟不能办到。[119]

樊发稼在《叶圣陶和他的童话代表作〈稻草人〉》一文中解释这种“成人的悲哀”说：

我们读《稻草人》，通过稻草人这个童话人物形象以及通过他在特定环境中的所作所为，心理活动和思想感情，就会自然地想起二十年代初期一些具有小资产阶级民主主义思想的知识分子，他们对现实不满，对人世间的种种灾难和不平痛心疾首，对受苦受难的劳苦大众无限同情；但是他们在这种严酷的现实生活面前，只能怅惘叹气，悲愤流泪，只能自叹“我是个柔弱无能的人哪”，而找不到彻底变革现实的途径。他们憧憬光明，但对眼前的黑暗又显得束手无策。这便是“稻草人”象征的一种内涵。[120]

樊发稼认为“象征是童话艺术中由现实到幻想，又从幻想到现实的桥梁。象征实际上就是一种隐喻，一种艺术暗示”，可是，假若我们站在儿童的立场来看《稻草人》这篇童话，便会发觉这些“象征”是儿童所无法领悟的。那么，从儿童文学的角度看，便不能说这是一篇适合儿童欣赏的童话，也不能说是一篇成功的儿童文学作品了。

鲁迅是在1935年翻译《表》的。早在1921年到1923

年间，他曾经翻译了爱罗先珂的13篇童话。陈伯吹认为叶圣陶的童话是受了爱罗先珂的影响的：

鲁迅先生在介绍《表》以前，也还曾经翻译过《爱罗先珂童话集》。这位“叫彻人间的无所不爱，然而不得所爱的悲哀”的、蒙着“悲哀的面纱”的诗人所写的童话，带着伤感的气氛，有着忧郁的调子，幻想成分不强，故事平坦，节奏也缓慢，一般说来，思想涵义较深，不是儿童所能领会的，情节也不会使儿童喜爱。所以依鲁迅先生的意见，只选择《狭的笼》、《池边》、《雕的心》、《春夜的梦》等四篇［121］。然而就是这些篇页，也只有相当初中以上程度的读者才能理解和接受。

我总觉得叶圣陶先生在1928—1932年里所写的两个童话集《古代英雄的石像》和《稻草人》［122］，无论读他的《小白船》、《芳儿的梦》、《梧桐子》、《鲤鱼的遇险》等篇，也多少有这样的味儿。而且，早在爱罗先珂童话被翻译以前，王尔德的“新童话”已经被介绍过来，其中《快乐王子》、《自私的巨人》、《夜莺与玫瑰》，是为一般爱好文艺的读者们所熟悉的，印象相当深，影响也相当大。因而叶先生那样诗意、美丽和朴素的作品，是否也受了这两位童话作家的影响呢？也可能叶先生与爱罗先珂在写童话的时代和社会背景也差不离，所以在题材上、风格上也很接近吧。曾经就这件事和叶先生闲谈过这样的问题。他回答得好："当然说不出有什么直接的影响，在执笔的时候也没有想到过它们；可是既然看过，不能就说绝对没有影响。正像厨子调味儿，即使调的是单纯的某一种味儿，也多少会有些旁的吧。"[123]

陈伯吹认为爱罗先珂童话中的"悲哀"、"伤感"和"忧郁"，都不是儿童所能领会的，因此鲁迅并没有把爱罗先珂的童话全译过来。既然叶圣陶的童话在题材和风格上都很接近爱罗先珂的童话，那就是说这些童话也都不是一般儿童读者所能懂得的了。陈伯吹是相信鲁迅也有同感的。

王相宜在《一首为大众苦难控诉的诗——读叶圣陶的〈稻草人〉》中就当时的社会背景来加以评论：

作为中国现代儿童文学创作的开拓者叶圣陶，以他的心血和才华，第一个写出了具有中国气派的童话作品。正如鲁迅所说："叶圣陶给中国童话开了一条自己创作的道路。"在以往的一些评论中，人们只注意到他倾诉了人世间的痛苦，而忽略了他隐藏在作品中的对未来的希望；只注意他对旧社会的愤愤地诅咒，而忽略了他的反抗精神。因而对他的作品似乎还没有作出较为全面的恰如其分的评价。

叶圣陶的童话正是遵照他自己的主张而创作的。他所描绘的像是幻梦般的童话世界，其实是现实的生活。他让小读者以至大读者都能在他所展现的生动而逼真的艺术境界里，切实地领会到穷苦大众面临绝境的痛苦生活。《稻草人》是他童话创作中最为优秀的作品之一。它以鲜明而又深刻的思想，以独特的艺术魅力享有盛誉。它标志着作家的创作开辟了一个新的境界，也就是把童话作为反映劳苦大众的悲惨命运的一种艺术手段。因为他为中国现代儿童文学创作树起了一块里程碑。在这块碑文里书写着这样的几个大字：中国儿童文学从此起步！

《稻草人》发表于一九二二年六月，刊登在郑振铎主编的《儿童世界》上。这时，俄国十月革命早已取得胜利，对中国的新文艺运动已经产生了显著的影响。中国的新文学作家虽然还没有指出劳苦大众应该如何去奋斗，但是新的创作题材和新的创作构思正在不断地涌现。叶圣陶在“五四”时期开始，便注意到工农大众的苦难生活，而且为被压迫群众的不幸而呐喊。

“文学研究会丛书”之《爱罗先珂童话集》(上海商务印书馆，1922年7月)书影

就在鲁迅的不朽名著《祝福》等问世的年代里，叶圣陶的《稻草人》也庄严地提出了一个重要的社会问题：必须正视和关心中国最广大的贫苦农民的处境。如果从这一角度来阅读，我们就更容易理解到这篇童话可贵的不朽的价值。[124]

王相宜说得不错，叶圣陶在《稻草人》里提出了一个重要的社会问题。今天的儿童文学作品很多就是取材自诸如贫穷、饥饿、疾病、战争、离婚、男女不平等、种族歧视、环境污染等社会问题，都是人类社会的现实。电视节目也多取材了这些社会问题，而今日的儿童则通过电视过早接触到此，甚至有些身受其害。像成人文学一样，儿童文学也不单写生活的光明面，亦有暴露现实的黑暗面。可是在处理这种题材的手法上便得格外照顾儿童的心理，除了适合儿童的理解能力外，还应帮助儿童认识清楚这些社会问题，并且给予适当的教导。

洪汛涛也认为童话不应该只是写美丽的境界，同时应该反映实际的生活。他在《童话学讲稿》里这样评价《稻草人》：

《稻草人》是一个富有时代精神，深刻揭示社会矛盾的童话，它写出了人民的心声，它是真实的，这是这个童话的思想性和进步性，是这个童话的存在价值。

将童话纳入人民的呼声里，反映民间的疾苦，触及社会的利弊，和时代、社会、人民紧密相连，合为一体，是这个童话成功之处。

童话和时代、社会、人民紧紧结合，当以《稻草人》为始篇。

当时，一些诗人、画家躲在象牙塔的沙龙里，对社会上的种种不平等现象视若无睹，而叶圣陶则见到这一切，他同情、愤慨，虽然他爱莫能助，但他毕竟喊出了“天哪，快亮吧！”这样的呼声。这是很难能可贵的。[125]

在中国现代童话史上，叶圣陶的童话占有一重要席位。鲁迅说叶圣陶“是给中国的童话开了一条自己创作的路的”，这话是不错的。“自己创作”的历史意义在于从此不再过分依赖翻译外国童话和编写本国古典童话，而努力于创作新的，有民族特色的童话。至于怎样创作和取材，鲁迅并没有明确说明，于是，童话作家只好自己去探索了。

4. 张天翼（1906—1985）

叶圣陶的童话集《稻草人》于1923年11月出版后，给中国现代童话开了一条新路。此后，在童话创作方面有一定成就和影响的，首推张天翼，但中间也隔了十年。1932年1月20日，张天翼的第一个童话《大林和小林》，在《北斗》第二卷第一期起连载，1933年10月由上海现代书局印为单行本。此后也曾多次由几个出版社印行，书名曾一度改为《好兄弟》。[126]

张天翼的第二个创作童话名为《秃秃大王》，1933年3月1日在《现代儿童》第三卷第一期起至8月16日第三卷第十二期连载，因被当时政府查禁，并没有登载完。直到1936年9月，上海多样社出版《秃秃大王及好兄弟》时，才算全部面世。[127]

鲁迅于1936年10月19日病逝于上海，其时《大林和小林》和《秃秃大王》已先后出版。张天翼与鲁迅的关系十分密切，他开始从事文学创作时，便得到鲁迅的帮助和指导。虽然鲁迅并没有特别为这两个童话写过什么评论，但张天翼的写作是很受鲁迅影响的，这两篇童话也不例外。张天翼在《自叙小传》中举了几个对他影响最大的作家，其中中国作家只有鲁迅一人：

> 对我影响最大的作家有狄更斯、莫泊桑、左拉、巴比塞、列夫·托尔斯泰、契诃夫、高尔基和鲁迅；苏俄新作品，特别是法捷耶夫的《毁灭》(英文本译为《The Nineteen》)，对我也有巨大的影响。[128]

1926年，张天翼21岁，考入北京大学预科。他花了很多时间阅读新出版的各种中外文艺书籍和报纸杂志，也练习写作。当时他已有自己的文学主张。他“不赞成‘为文艺而文艺’，认为文学应当是真实的反映人生，描写人生。欣赏鲁迅的小说，如《狂人日记》、《阿Q正传》，喜读《儒林外史》、《西游记》两书”[129]。

从1929年1月开始，张天翼与鲁迅经常通信。有时也寄稿件给鲁迅评阅及发表。他的短篇小说《三天半的梦》发表在鲁迅、郁达夫主编的《奔流》一卷十号上

(1929年4月24日)。这篇作品在发表前曾寄给鲁迅看,鲁迅认为可以发表,不过有些地方还不十分成熟,并鼓励他多写。[130]

1932年5月22日鲁迅写信给日本友人增田涉,推荐张天翼的作品,收在增田涉选编的《世界幽默全集》里。信里说:

> 作者是最近出现的,被认为有滑稽的风格。例如《皮带》、《稀松(可笑)的恋爱故事》。[131]

8月9日鲁迅在给增田涉的信中也这么说:

> 张天翼的小说过于诙谐,恐会引起读者的反感,但一经翻译,原文的讨厌味也许就减少了。[132]

鲁迅很关心张天翼的作品,不时加以批评。1933年1月9日,他在给王志之的信里说:

> 译张君小说,已托人转告,我看他一定可以的,由我看来,他的近作《仇恨》一篇颇好(在《现代》中),但看他自己怎么说罢。[133]

张天翼对于鲁迅给他作品的评价，也很重视。1933年1月16日张天翼听说鲁迅觉得他的小说有时失之油滑，便寄一信给鲁迅，向他请教。[134] 鲁迅在回信中说：

> 你的作品有时失之油滑，是发表《小彼得》[135] 那时说的，现在并没有说；据我看，是切实起来了。但又有一个缺点，是有时伤于冗长，将来汇印时，再细细的看一看，将无之亦毫无损害于全局的节、句、字删去一些，一定可以更有精彩。[136]

1934年7月14日，鲁迅又和茅盾写信给美国人伊罗生，向他介绍张天翼等人的作品。[137]

张天翼从1929年开始与鲁迅通信，一直到1936年4月10日，才在上海第一次与鲁迅会面。[138] 当时鲁迅已患病，后于10月19日逝世。张天翼又从南京赶到上海，参加丧仪与追悼活动，为扶灵入葬的青年作家之一。[139]

张天翼与鲁迅的关系是非常密切的。他景仰鲁迅，而鲁迅也很赏识他，不时指导和扶掖。所以司马长风说张天翼是鲁迅的忠实弟子：

中国文坛上，有好多作家刻意学鲁迅，或被人称为鲁迅风的作家，但是称得上是鲁迅传人的只有张天翼，无论在文字的简练上，笔法的冷隽上，刻骨的讽刺上张天翼都较任何向慕鲁迅的作家更为近似鲁迅。

张天翼忠实学习鲁迅，可从他一九三三年所写《创作的故事》[140] 一文中自述的信条看得真切，他说：

一、不相信写作的灵感天才；

二、不相信什么小说作法之类的东西；

三、不写叫人看不懂的象征派的东西；

四、不浪费笔墨来写无关宏旨的自然景物；

五、不写与主题无关的细微末节。

将这五信条拿来与鲁迅的《创作要怎样才会好》（答北斗杂志社问）及《我怎么做起小说来》（《南腔北调集》）比看一下，立刻就明白每一条都渊源有自了。[141]

张天翼一向被称为现实主义作家，而他自己在《创作的故事》里也坦言“想学习写写现实世界里的真正的事”[142]。王淑明说:“在张天翼的作品里，是有着现实主义的倾向的。这倾向而且通过他的一切作品；连他的那些童话，例如《大林和小林》，都多少反映着客观现实的表象的。”[143]

胡风也说张天翼“始终是面向着现实的人生，从没有把他的笔用在‘身边琐事’或‘优美的心境’上面”[144]。在谈到张天翼的儿童文学作品时，胡风说:

> 他的熟悉儿童心理和善于捕捉口语，使他在儿童文学里面注入了一脉新流，但我们还等待他去掉不健康的诙谑和一般的观念，着眼在具体的生活样相上面，创造一些现实味浓厚的作品，从洪水似的有毒的读物里面保护那些天真的读者。[145]

鲁迅认为张天翼的小说“过于诙谐”，而在儿童文学作品中，这样的风格在胡风看来更是“不健康的诙谑”了。为了“保护那些天真的读者”，他期望张天翼写些更有现实味的儿童文学。胡风显然不大欣赏张天翼的童话中夸大、幽默、诙谐的手法。

其实，张天翼为儿童写作时，他心中给自己订下了两个标准：

要让孩子们看了能够得到一些益处，例如使孩子们能在思想方面和情操方面受到好的影响和教育，在他们的行为和习惯方面或是性格品质的发展和形成方面受到好的影响和教育，等等。这是为孩子们写东西的目的，为了达到这个目的，那么还要——

要让孩子们爱看，看得进，能够领会。

写作时候的一切劳动、苦功，以至艺术上的考究，技巧上的考究等等，也都是为这两件事服务的。除开这两件事——两个标准以外，老实说，我就不去考虑了。[146]

他一再强调，他为孩子们写作便是按照上述两个标准的：

在一九三三年我写的第一篇儿童文学作品——童话《大林和小林》，到一九五六年写的童话《宝葫芦的秘密》，在这二十几年里，我写儿童文学作品，就是按照这两条标准去写的。虽然，写出来的东西距这两条标准还较远，特别是解放前的作品，写作目的还不那么明确、自觉，在艺术上也很粗糙，但却是朝这个目标去努力的。[147]

张天翼是在写小说已有成就，在文坛站稳脚跟后才开始儿童文学创作的。他的第一篇儿童文学作品便是童话《大林和小林》，发表于1932年的《北斗》杂志上，当时他27岁。第二年他又发表了第二篇长篇童话《秃秃大王》。他是借童话这种独特的文学形式来讽喻人生、针砭社会。

为什么采取童话这种文体来写现实生活呢？张天翼说：

我只是为了方便，才这么办的。你说这所写的不过是个比方，是个譬喻，也可以。说是个幻想故事，也可以。我之所以要这么写，无非为了更容易表达出我那个想要表达的思想内容，为了想把这个思想内容表达得更集中，更恰当，更明显，更为孩子们所能领会。

要不然，我不会想到要这么写。

只看是什么思想内容，甚么题材，写给哪种读者看，这才决定怎么样写，用怎样一种表现形式。我可从来没有去想过这配不配叫做童话或其他的什么什么。[148]

至于张天翼写作童话的动机又是什么呢？日本学者

伊藤敬一有这样的看法：

他为什么开始写起童话来了呢？这是个难以回答的问题，因为张天翼是位甚至可以说绝对不直接谈论自己的作家。在他的评论和杂文，或者作品的前言——这个也不太多——中所能见到的，只是客观的事实和客观的意见，而对自己却始终闭口不谈。

所以，他为什么开始写童话的问题，直接从他自己的著作中，是无法了解到的。而我却认为，他的创作方法，必然使他进入童话世界。

他的创作方法，有时使人自然地想到画家的创作方法。（事实上，他在中学毕业后曾经学习过绘画。）

他从客观的现实中，选择那种虽属细小但很生动的题材，首先决定主题和场面。然后只是选择人物或事件的某些现象，按照自己的感觉所捕捉到的样子加以描写。

他以此种方法，给上海文坛带来新风，从而有人称他为“新人张天翼”，或者认为他的方法是超出以往的现实主义、浪漫主义的“新现实主义”（李易水《新人张天翼的作品》，载

《北斗》第一卷第一期)。他以这种崭新的方法，在创作技巧上作了种种大胆的试验。若是对照日本的情况来说，他的这种方法，与其说是“新现实主义”，倒不如说他更接近于“新感觉派”。我认为他是将童话作为创作技巧的一个试验场地而加以运用的。因为儿童的感觉可以成为不为社会的既成观念所歪曲，像一张白纸一般完全纯粹的媒介体。通过这一媒介体描绘社会时，不正是可以用非常鲜明的形象来揭示社会的本质吗?若是把儿童的感觉加以夸张并导入童话因素的话，把官吏、警察、资本家描写成狐狸、狗、妖怪，有什么不好呢?这样，表面上看来，是一个不合理的空想世界，同时又是一个合理的非常有趣的戏剧化了的社会。我认为这大概就是他开始写童话的动机。[149]

伊藤敬一认为张天翼的现实主义童话是他的小说的延续。他写作童话的动机便是以儿童的感觉为媒介来揭示社会的本质，结果产生了中国最早的现实主义童话。[150] 他又认为张天翼着手写起童话来是具有另外一种意义的，那就是：

能够从中国的现实之中发现人类解放的希望的只有儿

童的世界这种题材。包括张天翼在内的中国入家，是把文学的要求和政治的要求以一种不可分割的形式密切结合在一起的。[151]

金江在《谈张天翼的童话》一文中，对张天翼童话的评价，和伊藤敬一的说法也正相合：

张天翼的童话具有鲜明的政治立场和丰富的社会内容，以新颖的艺术方法，勇敢地突破了旧的传统，表现了当时社会生活最重大的主题，为我国童话创作开辟了一条新路。

张天翼以现实主义的创作方法，从现实生活里摄取最重要而且急需反映的题材，结合浓厚的浪漫主义色彩，创作出新颖而又具深刻现实意义的长篇童话。他的童话不但具有强烈的时代精神和浓厚的生活气息，而且以鲜明的爱和憎来教育孩子，来教育我们寄托着无限希望的下一代。[152]

诚如伊藤敬一所说，张天翼是绝对不直接谈论自己的作家，一直到他的第一篇童话发表后约五十年，他才忆述他当年写作童话的动机、社会背景和目的：

写《大林和小林》以及《秃秃大王》、《金鸭帝国》等童话，那是在解放前的旧社会，日本帝国主义者已经发动了“九·一八”事变，侵占了中国的大量土地，但是国民党蒋介石政府实行不抵抗主义和卖国投降的政策，中国人民过着受欺侮、受压迫的苦难生活，但是当时在少年儿童中流行着一些童话故事，不是什么“从前，有一个国王，有三个儿子”，就是“兄弟俩，哥哥富，弟弟穷，哥哥欺负弟弟。后来因为有神仙、菩萨（或者天使）保佑，弟弟变成了富翁，哥哥穷了……”要不，就是“从前有一个孩子，爸爸妈妈都死了，没有钱，还受人欺负，后来这孩子也变成了富翁……”怎么变的？也是有天使帮助他，或者神仙送一个葫芦，他只要把葫芦一摔，就有几个魔鬼来替他做事……这些故事诉诸给小读者的，就是做一个不劳而获的大富翁最幸福，而且且用不着念书，用不着干活做事，受了欺侮也不要反抗，只等着神仙来帮助就是。这些东西在当时那个社会里对小读者能起什么作用，是很清清楚的，有的人就是上了当，被欺侮了一辈子，等了一辈子，神仙、菩萨也没有来过。这些故事有的就是那些欺侮人的人编的，或者是想拍欺侮人的人的马屁而编的。

为了反其道而行之，我在《大林和小林》以及《秃秃大王》等童话中就是专门告诉小读者做富翁的“好处”，求神仙的“好处”。——大林一心要做一个“吃得好，穿得好，又不用做事情”的“有钱人”，最后因为什么本事也没有，饿死在富翁岛。《秃秃大王》中出现的“神仙”是靠不住的，使受苦受难的人们上了当，受了骗。只有像小林、乔乔、冬哥儿、小明那样起来反抗，消灭所有的剥削、压迫他们的“四四格”，打倒“秃秃大王”和他的狐群狗党，才能真正过好日子。[153]

张天翼说明他当时为儿童写作的目的是：

总之，当时写童话也罢，写小说也罢，就是使少年儿童读者认识、了解那个黑暗的旧社会，激发他们的反抗、斗争精神，使他们感到做一个不劳而获的寄生虫多么可耻和无聊。[154]

洪汛涛在《童话学讲稿》一书里，对张天翼的童话这么说：

距《稻草人》发表后九年（1923年到1932年），张天翼的《大林和小林》发表了。

童话又进入了一个新阶段，也可说是童话创作上的又一个高峰。

《大林和小林》的意义，在于它说明了童话已经成长了，它从短篇进入了长篇，标志着童话创作水平的发展。从短篇发展到长篇，不应该看成只是字数上的增加，而应该看到童话在艺术上的日趋成熟。

如果说《稻草人》反映了当时社会的一个农村的侧面，描绘了人民的灾难和疾苦；那么，《大林和小林》在题材面上更加扩大了，它涉及了农村和城市，包括了更为广泛的社会面和生活面。而且在思想主题上，也更为深化了。它触及各色人物的心扉和灵魂，揭示了何去何从的生活方向和人生道路。从哲学的人生观上，不只描绘了社会，而且剖析了社会。作家以它犀利的笔锋，刺入时弊的痛处，拨动了社会麻木的脉搏，使一些人欣喜，一些人恼怒。这是一篇具有强烈时代精神的好作品。[155]

洪汛涛特别强调《大林和小林》的思想性：

这一作品，是旧中国社会的宽阔画卷，当然作者没有用写实手法，而是用了童话的幻想的手法。它把旧中国人剥削人、人奴役人、人吃人的社会众生相，跃然绘于纸上。

这一作品，指出了摆在每个人面前供选择的两条道路。一条是像大林那样，一心图利，梦想发财，最后孤单地死于金钱堆里。一条是像小林那样，要以自己的劳动来过活，同时，团结更多的穷苦人，一起来作正真的、敢于反抗的叛逆者，这才是一条光明的正路。

所以，这一童话，题材是广阔的，思想是深刻的。

它不但描绘了社会，而且为社会指出了出路。[156]

张天翼的童话为当时生活于黑暗社会的中国人指出“一条光明的正路”，这是十年前叶圣陶的创作童话所没有的。《稻草人》充满了灰暗的成人的悲哀和无奈，二十世纪二十年代的知识分子在“严酷的现实生活面前，只能怅惘叹气，悲愤流泪，只能自叹‘我是个柔弱无能的人哪’，而找不到彻底变革现实的途径。他们憧憬光明，但对眼前的黑暗又显得束手无策”[157]。可是张天翼的童话却具有积极进取的意义。这是中国创作童话的一大进步。

张天翼的第二个长篇童话《秃秃大王》发表于1933年，距《大林和小林》只相隔一年。《秃秃大王》可以说是《大林和小林》的续篇。洪汛涛说：

《秃秃大王》和《大林和小林》，可以说是一样姐妹篇，这个作品也是描绘了当时革命波澜壮阔的一幅社会图。秃秃大王这个统治者，豢养着一群贪婪、凶残的走狗，操纵着人民的生死券，自己却过着奢侈、无耻的生活。那些走狗们，有的贪财吝啬，有的专事奉承，有的虐待成狂，有的糊涂低能，等等。这些都是当时统治阶层的写照。这些吸血鬼和寄生虫，在张天翼的笔下，他们的嘴脸都暴露无遗。同时，这作品也指出，被踩在脚下的人们去求神拜佛都没有用，只有大伙儿团结起来，冲破秃秃宫，打倒秃秃大王，才有生存下去的活路。[158]

虽然伊藤敬一认为《秃秃大王》是一篇失败的作品［159］，但洪汛涛却给予其极高的评价，他说：

其实，伊藤敬一的扬“大”抑“秃”的观点，人们是不能同意的。这篇作品的幻想和现实结合得比较自然，并没有贴膏药，打补钉的割裂感。至于技巧，这篇作品是在《大林和小林》一年后写成的，技巧比较娴熟，通篇有信手拈来皆成文章之感，看得出作者在写这篇作品时思想比较流畅，写作比较顺利，有行云流水，一气呵成的轻快之感。估计，这篇作品，作者写得并不太吃力，很快就完成。这是作者熟悉儿童心理和生活，熟练地掌握和驾驭童话这一艺术形式的结果，是一种驾轻就熟，决不是飘浮。我们对这篇作品，应该像对《大林和小林》一样，给以高度的评价。[160]

张天翼的童话除了走现实主义的创作路线外，讽刺是另一大特色。这是和他的小说风格一致的。一般的评论者都认为他是模仿和追随鲁迅的。

司马长风说当张天翼在文坛上站稳脚跟后，“即趋奔鲁迅风，将油滑的幽默凝结为冷隽的讽刺”[161]。

吴福辉赞誉张天翼是一位杰出的讽刺文学家。他说：

继鲁迅之后，老舍和张天翼，在中国现代讽刺小说的领域里堪称“双壁”。老舍以温婉多讽，简约隽永的笔致，提供了他那些圆熟的幽默长篇。张天翼则主要在短篇小说中，用他的讽刺的火焰，烧毁着三十年代社会一处处阴暗、龌龊的角落；用他那柄犀利、明快的解剖刀，毫不留情地挑开旧制度下一个个丑陋、颤栗的灵魂，并发出愤激冷峭的笑声——张天翼的笑。[162]

吴福辉更进一步分析鲁迅和张天翼的讽刺典型：

大凡一个成熟的小说家，对其所处的时代、社会，总有他特具的认识与体验，总有他擅长表达的主题，总有他特别敏感和注意的人物，并由此形成他自己独创的形象体系，在鲁迅的笔下，就有辛亥革命以来，中国的封建地主、劳动农民、新旧知识分子组成的长长的人物系列。[163]

至于张天翼也有他自成体系的讽刺性人物，在他的小说里，可以分辨出三类讽刺性典型：

虚伪、狡诈的地主、官僚形象；

动摇、庸俗的小知识分子，小公务员，小市民形象；

愚昧、不幸的城乡劳动人民形象。

这三类人物，是"五四"以来由鲁迅开创的传统讽刺典型的延长。[164]

这三类人物，也出现在《大林和小林》和《秃秃大王》这两篇童话里。

洪汛涛也十分肯定和赞扬张天翼童话中的讽刺特点。他说：

> 张天翼的童话，应该说，都具有讽刺这个特点。这从他的全部创作来看，他的一些成人作品，大多是一些讽刺小说。他的笔是犀利的，尤其他是学画出身的，他擅长夸大和变形，疏疏几笔，就把一些人物的嘴脸描绘出来。如《华威先生》，把一个言行不一的抗日时期的官僚分子，描绘得如何淋漓尽致。他的作品，也充满幻想，他早期的作品《鬼土日记》，写神写鬼，铺得非常之开。如果读过张天翼的小说，然后再读张天翼的童话，更可以发现张天翼所具有的文字特色。他会拿起笔来写童话，也是一个必然的发展。这样，他所具有的文学幻想力，夸张力，可以得到充分的发挥。果然，张天翼在写成人讽刺小说取得成名，在写童话上取得成功。他给人们留下了许多优秀的讽刺小说和优秀的童话。[165]

至于鲁迅曾批评张天翼的讽刺“失之油滑”，洪汛涛却另有见解。他说：

> 张天翼的作品，文字语言是极好的。它明快、活泼、俏皮、幽默、诙谐、辛辣、跳跃，是童话的文字语言。在童话

作家中是独异的一家。有人说他“失之油滑”，作为童话来说，应允许油滑，只要油滑得得体，油滑得合格，油滑是好事。[166]

总括来说，在中国现代童话史上，二十世纪二十年代叶圣陶开辟了创作童话的道路，写出反映现实社会具有中国特色的童话。至三十年代，张天翼继承了这个中国自己创作童话的优良传统，把现实主义童话用讽刺的手法发扬光大，为后来的童话作家竖立了一个典范。

三
鲁迅对现代中国童话的影响

中国有“童话”一词，最早见于孙毓修编撰的《童话》系列丛书，时为1909年，即清宣统元年。至于是否如周作人所说是由日本传来的转借语，学者仍不能确定。

当时“童话”的含义广泛而混乱，差不多相等于“儿童文学”或“儿童读物”的同义词，这种情况在日本也一样。孙毓修是中国编辑儿童读物的第一人，他的《童话》系列丛书十分流行，除了翻译外国童话外，也包括了儿童小说、民间故事、历史故事等非童话体裁的作品。因此，更引起当时人对“童话”这个词的误解，以为凡是给儿童看的故事便是童话了。

鲁迅在“五四”之前便从事儿童文学活动了。只是当时还没有用上“儿童文学”这个名称。他对童话这种独特的儿童文学体裁特别喜爱，并且把它译介到中国来。

在孙毓修编辑《童话》系列丛书时，鲁迅在日本和弟弟周作人合译了《域外小说集》二册，其中便包括了童话。

从1909年回国，一直到逝世前一年的1935年期间，鲁迅所翻译的童话计有：《爱罗先珂童话集》（1922）；《桃色的云》（童话剧，苏联爱罗先珂著，1923）；《小约翰》（荷兰望·蔼覃著，1928）；《小彼得》（奥地利至尔·妙伦著，1929）；《俄罗斯的童话》（苏联高尔基著，1935）。虽然这些童话都不是世界儿童文学最优秀的作品，其读者对象是否儿童也很有疑问。如高尔基的《俄罗斯的童话》，鲁迅在书中“小引”就很清楚地说明并非是写给孩子们看的：

> 这《俄罗斯的童话》，共有十六篇，每篇独立；虽说“童话”，其实是从各方面描写俄罗斯国民性的种种相，并非写给孩子们看的。发表年代未详，恐怕还是十月革命前之作；今从日本高桥晚成译本重译，原在改造社版《高尔基全集》第十四本中。[167]

至于《爱罗先珂童话集》里面的童话，则充满成人的“悲哀”，没有半点童趣，看来也不像专为儿童而创作的童话。鲁迅在序中这样说出作者的“悲哀”：

……因此，我觉得作者所要叫彻人间的是无所不爱，然而不得所爱的悲哀，而我所展开他来的是童心的，美的，然而有真实性的梦。这梦，或者是作者的悲哀的面纱罢？［168］

鲁迅很喜欢《小约翰》。1906年在日本留学时，他从一本文学杂志《文学的反响》（*Das Literature Echo*）看到其中所载《小约翰》译本的节选，便十分神往。这当然是因为他本身一向很喜欢植物学，于是便托丸善书店向德国定购。鲁迅一直念念不忘翻译《小约翰》，直到二十年后的1926年夏天，他才和齐宗颐合作译成。[169]

《小约翰》其实也是一篇成人的童话。鲁迅在“引言”中这样说：

这诚如序文所说，是一篇“象征写实底童话诗”。无韵的诗，成人的童话。因为作者的博识和敏感，或者竟已超过了一般成人的童话了。其中如金虫的生平，菌类的言行，火萤的理想，蚂蚁的平和论，都是实际和幻想的混合。我有些怕，倘不甚留心于生物界现象的，会因此减少若干兴趣。但我豫觉也有人爱，只要不失赤子之心，而感到什么地方有着“人性和他们

鲁迅译著，爱罗先珂《桃色的云》（北京新潮社，1923年7月）书影

的悲痛之所在的大都市”的人们。[170]

比较之下，只有《小彼得》才算得上是写给儿童看的童话。鲁迅说:“不消说，作者的本意，是写给劳动者的孩子们看的……”[171] 至于作者至尔·妙伦，鲁迅介绍如下:

作者海尔密尼亚·至尔·妙伦(Hermynia zur Muehlen)，看姓氏好象德国或奥国人，但我不知道她的事迹。据同一原译者所译的同作者的别一本童话《真理之城》(一九二八年南宋书院出版)(按:南宋书院为日本东京的一家出版社。)的序文上说，则是匈牙利的女作家，但现在似乎专在德国做事，一切战斗的科学底社会主义的期刊——尤其是专为青年和少年而设的页子上，总能够看见她的姓名。作品很不少，致密的观察，坚实的文章，足够成为真正的社会主义作家之一人，而使她有世界底的名声者，则大概由于那独创底的童话云。[172]

由此可见，至尔·妙伦是惯常为儿童写作的作家，《小彼得》这篇童话是为儿童而作的。《小彼德》原本是鲁迅选给许广平译的，作为学习日文之用。后来他校改许广平的译本成书出版，原意并非翻译给中国的小读者看。[173] 鲁迅认为中国的劳动者的孩子们限于教育水平、经济条件、文化背景和生活经验的不同，并不能欣赏《小彼得》。因此，他以成年人为这译本的读者对象。他说：

总而言之，这作品一经搬家，效果已大不如作者的意料。倘使硬要加上一种意义，那么，至多，也许可以供成人而不失赤子之心的，或并未劳动而不忘勤劳大众的人们的一览，或者给留心世界文学的人们，报告现代劳动者文学界中，有这样的一位作家，这样的一种作品罢了。[174]

在鲁迅翻译的儿童文学作品中，只有《表》才是真正为儿童翻译的。鲁迅把这篇儿童小说称为童话，那是因为当时“童话”一词的定义，还没有明确的界说。鲁迅在“译者的话”中把他的目的说得很清楚，但又发觉为孩子翻译很不容易。他说：

在开译以前，自己确曾抱了不小的野心。第一，是要将这样的崭新的童话，绍介一点进中国来，以供孩子们的父母、师长，以及教育家，童话作家来参考；第二，想不用什么难字，给十岁上下的孩子们也可以看。但是，一开译，可就立刻碰到了钉子了，孩子的话，我知道得太少，不够达出原文的意思来，因此仍然译得不三不四。[175]

鲁迅所翻译的童话，除了《小彼得》外，都是成人的童话，实不能列入儿童文学的范围。世界儿童文学中杰出的童话作品都有一个共通的特点，那就是可供成人和儿童读者于不同程度去领略和欣赏。最显著的例子便是英国路易斯·卡洛尔（Lewis Carroll，1832—1898）所作的《爱丽丝漫游奇境记》（*Alice's Adventures in Wonderland*）。1922年1月，赵元任的中译本由商务印书馆出版。[176]

这本书在英国和世界各地都很受欢迎：

由坦尼尔插图的《爱丽丝漫游奇境记》一出版就赢得了广大少年儿童和成年读者的喜爱，到本世纪中期重版三百多次，走进了英伦三岛的千家万户，其流传之广仅次于《圣经》和莎士比亚的作品，近来有图书展览表明它已被译成五十多种语言，有一千名左右的译者在翻译这部童话上下了功夫。卡洛尔和莎士比亚、狄更斯在一起，成了英国人民的骄傲。于是，研究卡洛尔和他的童话作品的人相继出现。百余年来不断有人探讨过这部童话恒久的奇特魅力之所在。早年的《大英百科全书·儿童文学》认为卡洛尔的中篇童话“把荒诞文学的艺术提到了最高水平”。[177]

在鲁迅一生的文学活动中，翻译和介绍外国文学占了不少时间。1898年鲁迅在南京江南陆师学堂附设的矿务铁路学堂就读时，看新书的风气很流行，他买了严复译述的赫胥黎的《天演论》来读，很受达尔文进化论思想的影响。[178] 至于当时流行的林纾翻译小说，他也看了不少。在日本留学期间，他有机会读到更多的外国文学作品，而且动手翻译和介绍到中国来。戈宝权在《鲁迅在世界文学上的地位》一书中说到鲁迅翻译外国文学的动机：

鲁迅很早就认识到翻译介绍外国文学，对于唤起中国人民的觉醒，激发中国人民的革命精神和推动与创建中国新文学的重要性。[179]

戈宝权又补充说：

鲁迅生活在半封建半殖民地的中国，他弃医学文，从事文学活动，一开始就是为了中国革命。他当时认为，从事创作

“必须是‘为人生’，而且要改良这人生”；他翻译介绍和研究文学，则是想借外国反抗黑暗统治，争取民族解放和社会进步的文学，来促进中国人民反帝反封建的斗争，因此他侧重于介绍外国的科学幻想小说，特别是重视介绍被压迫、被损害的弱小国家、民族和人民的文学……[180]

鲁迅原本也不是想创作小说，他起初注重翻译和介绍外国文学作品。1933年3月5日，他在《我怎么做起小说来》一文中这样说：

但也不是自己想创作，注重的倒是在绍介，在翻译，而尤其注重于短篇，特别是被压迫的民族中的作者的作品。因为那时正盛行着排满论，有些青年，都引那叫喊和反抗的作者为同调的。……

因为所求的作品是叫喊和反抗，势必至于倾向了东欧，因此所看的俄国、波兰以及巴尔干诸小国作家的东西就特别多。[181]

接着鲁迅在3月22日写的《英译本“短篇小说选集”自序》里，又说了同样的话：

后来我看到一些外国的小说，尤其是俄国，波兰和巴尔干诸小国的，才明白了世界上也有这许多和我们的劳苦大众同一命运的人，而有些作家正在为此而呼号，而战斗。[182]

由此看来，鲁迅翻译童话的目的并非在于介绍外国儿童文学，用以推广和发展中国儿童文学。他在每篇童话前面的引言中都说得很清楚，他的读者对象是成人，并非儿童。这也说明了他为什么选择翻译这些今天在世界儿童文学里占不了重要席位的童话作品了。从他亲自说明自己翻译《爱罗先珂童话集》和剧本《桃色的云》的动机，便很明显地看出他同情弱者及被压迫者的立场。他在《杂忆》一文中这样说：

当爱罗先珂君在日本未被驱逐之前，我并不知道他的姓名。直到已被放逐，这才看起他的作品来；所以知道那迫辱放逐的情形的，是由于登在《读卖新闻》上的一篇江口涣氏的文字。于是将这译出，还译他的童话，还译他的剧本《桃色的云》。其实，我当时的意思，不过要传播被虐待者的苦痛的呼声和激发国人对于强权者的憎恶和愤怒而已，并不是从什么"艺术之宫"里伸出手来，拔了海外的奇花瑶草，来移植在华国的艺苑。[183]

鲁迅是关心和爱护儿童的。当时中国的儿童和妇女一样，不受尊重，也没有社会地位。这些幼小者，既是弱小者，也是受压迫者。鲁迅为他们发出“救救孩子”的呼声，也说过“俯首甘为孺子牛”。他所翻译的童话，虽无不是以儿童为读者对象，但在当时也是属于儿童读物一类的。鲁迅译介外国童话的工作，足以促进和鼓励中国童话的发展。于是引起了茅盾和郑振铎等人从事童话的翻译工作，以致后来叶圣陶和张天翼等走上童话创作的路。鲁迅在《关于翻译》一文中就这样说：

注重翻译，以作借镜，其实也就是催进和鼓励着创作。[184]

鲁迅只从事童话的翻译，他并没有撰述有关童话理论的专著。可是，他在翻译的外国童话的译者引言、译后记，以及杂文、书信中都论述过他自己对童话的独特见解，而这些见解至今仍为儿童文学界所重视，甚至奉为金科玉律。鲁迅一边肯定童话的教育功能，一边讨论童话的创作问题，对后来中国童话的发展产生了深远的影响。

有关童话的教育功能，古今中外，都有不少争议。1912年，周作人在《童话研究》里曾这样说过：

……故童话者亦谓儿童之文学。今世学者主张多欲用之教育，商兑之言，扬抑未定；扬之者以为表发因缘，可以辅德政，论列动植，可以知生象，抑之者又谓荒唐之言，恐将增长迷误，若姑妄言之，则无异诏以面谩。顾二者言有正负，而于童话正谊，皆未为得也。[185]

由此可见，在民国初年，童话的教育作用还未被一般人所接纳。

周作人以童话为儿童之文学，供儿童阅读，从中受益。他甚为强调童话的教育功能：

童话之用，见于教育者，为能长养儿童之想象，日即繁富，感受之力亦益聪疾，使在后日能欣赏艺文，即以此为之始基，人事繁变，非儿童所能会通，童话所言社会生活，大旨都具，而特化以单纯，观察之方亦至简直，故闻其事即得了知人生大意，为入世之资。且童话多及神怪，并超逸自然不可思议之事，是令儿童穆然深思，起宗教思想，盖个体发生与系统发生同序，儿童之宗教亦犹原人，始于精灵信仰，渐自推移，以至神道，若或自迷执，或得超脱，则但视性习之差，自定其趋。又如童话所言实物，多系习见，用以教示儿童，使多识名言，则有益于诵习，且以多述鸟兽草木之事，因与天物相亲，而知自然之大且美，斯皆效用之显见者也。[186]

继《童话研究》之后，周作人又发表了《童话略论》一文，阐述童话的教育作用。他说：

童话应用于教育，今世论者多称有益，顾所主张亦人人殊，今第本私意，以为童话有用于儿童教育者，约有三端：

1. 童话者，原人之文学，亦即儿童之文学，以个体发生与系统发生同序，故二者，感情趣味约略相同。今以童话语儿童，既足以厌其喜闻故事之要求，且得顺应自然，助长发达，使各期之儿童得保其自然之本相，按程而进，正蒙养之最要义也。

2. 凡童话适用，以幼儿期为最，计自三岁至十岁止，其时小儿最富空想，童话内容正与相合，用以长养其想象，使即于繁富，感受之力亦渐敏疾，为后日问学之基。

3. 童话叙社会生活，大致略具，而悉化为单纯，儿童闻之，能了知人事大概，为将来入世之资。又所言事物及鸟兽草木，皆所习见，多识名物，亦有裨诵习也。[187]

1931年，中国童话界曾经就童话的教育功能剧烈争论。事缘当时湖南省主席何键写给教育部的一份咨文而起。他反对国文课本中的“童话”教材，建议改良课本。咨文中说：

> 民八以前，各学校国文课本，犹有文理，近日课本，每每“狗说”，“猪说”，“鸭子说”，以及“猫小姐”，“狗大哥”，“牛公公”之词，充溢行间，禽兽能作人言，尊称加诸兽类，鄙俚怪诞，莫可言状。[188]

当时，教育界和文学界对此反应不一。首先是教育家尚仲衣在“儿童教育社”年会中作了一次演讲，题目是《选择儿童读物的标准》。从他列举的选择儿童故事的“消极标准”看来，他显然反对选童话给儿童阅读。他认为鸟言兽语、神仙鬼怪等故事是违反自然现象的。他说：

> 何谓违反自然现象？世界上本无神仙，如读物中含有神仙，即是违背自然的实际现象，鸟兽本不能作人言，如读物中使鸟兽作人言，即是越乎自然。教育者的责任在使儿童对于自然势力及社会现象，有真实的了解和深刻的认识。[189]

接着是吴研因对于尚仲衣的说法表示异议。他不认为鸟言兽语的故事就是神怪。他向尚仲衣提出质问道：

……但猫狗谈话鸦雀问答，这一类的故事，或本含教训，或自述生活，何神之有，何怪之有呢？［190］

一场论战，就此开始。尚仲衣在5月10日的《申报》上答复吴研因的质问，完全否定童话的教育价值。他说：

我们觉得童话的价值实属可疑，维持它在儿童读物上的地位之种种理由，实极不充分。所谓“启发想像”，“引起兴趣”，“包括教训”云云，皆在或有或无之间，而不违背自然现象的读物皆“可有”童话“或有或无”之价值。［191］

尚仲衣更认为“从心理分析的观点看来，童话最类似梦中的幻境和心理病态人的幻想”，对儿童的心理健康是有所危害的。他把童话的危机，归纳为以下五点：

1. 易阻碍儿童适应客观的实在之进行；

2. 易习于离开现实生活而向幻想中逃遁的心理；

3. 易流于在幻想中求满足求祈求不劳而获的趋向；

4. 易养成儿童对现实生活的畏惧心及厌恶心；

5. 易流于离奇错乱思想的程序。[192]

5月19日《申报》又刊出吴研因的《读尚仲衣君〈再论儿童读物〉乃知“鸟言兽语”确实不必打破》。文中指出当时中国的小学教科书，根本属于“幻想性童话”的题材就不多：

关于“幻想性童话”的材料，实在不多，所谓自然社会或者常识等教科书，关于“幻想性童话”教材，固然一点都没有，就是国语教科书有一些儿，也是微乎其微的。[193]

对有关小学教科书的“儿童化”问题，吴研因慨叹说：

可悲的很，我国小学教科书方才有“儿童化”的趋势，而旧社会即痛骂为“猫狗教科书”。倘不认清尚先生的高论，以为尚先生也反对“猫狗教科书”，则“天地日月”、“人手足刀”的教科书或者会复活起来。果然复活了，儿童的损失何可限量呢？[194]

接着陈鹤琴在《儿童教育》第三卷第八期（1931年5月）发表了《“鸟言兽语的读物”应当打破吗？》一文，

举出几件孩子日常生活的事例，证明他们是喜欢“鸟言兽语”的读物的，而且不见得会有害处。他说：

总结起来，小孩子尤其在七八岁以内的，对于鸟言兽语的读物，是很喜欢听，喜欢看，喜欢表演的，这种读物，究竟有多少害处呢？可说是很少很少，他看的时候，只觉得他们好玩而并不是真的相信的。……鸟言兽语的读物，自有他的相当地位，相当价值，我们成人是没有权力去剥夺儿童所需要的东西的，好像我们剥夺小孩子吃奶的那一种权利。[195]

1931年8月《世界杂志》第二卷第二期，发表了魏冰心的《童话教材的商榷》一文，文章开宗明义说：

小学国语应采用儿童文学，低年级的国语教材，当多供给于儿童想像生活的童话，这是近代中外教育家所公认，早已不成问题了。[196]

至于魏冰心他本人的主张则是：

……小学低年级的国语文学，在有条件之下，应该采用童话。理由是：“童话是幼儿精神生活上的粮食”，“幼儿阅读童话有益而无害”。[197]

对这场长达半年的争论，鲁迅又有什么看法呢？何键的咨文发表在1931年3月5日的《申报》上。鲁迅虽然没有在《申报》上著文反驳，但在尚仲衣和吴研因展开讨论之前，4月1日，他在为孙用翻译的《勇敢的约翰》写的“校后记”中曾这样说：

> 对于童话，近来是连文武官员都有高见了；有的说是猫狗不应该会说话，称作先生，失了人类的体统，有的说是故事不应该讲成王作帝，违背共和的精神。但我以为这似乎是“杞天之虑”，其实倒并没有什么要紧的。孩子的心，和文武官员的不同，它会进化，决不至于永远停留在一点上，到得胡子老长了，还在想骑了巨人到仙人岛去做皇帝。因为他后来就要懂得一点科学了，知道世上并没有所谓巨人和仙人岛。倘还想，那是生来的低能儿，即使终生不读一篇童话，也还是毫无出息的。[198]

在这以前，1924年7月，鲁迅在陕西暑期学校讲《中国小说的历史的变迁》时，听众中有不少小学教师，他特别提出了儿童应否阅读神话书籍的问题，并说明了他自己的看法：

在我以为这要看社会上教育的状况怎样，如果儿童能继续更受良好的教育，则将来一学科学，自然会明白，不致迷信，所以当然没有害的；但如果儿童不能继续受稍深的教育，学识不再进步，则在幼小时所教的神话，将永信以为真，所以也许是有害的。[199]

鲁迅一再强调，等到孩子长大了，学会了一点科学知识，便自然懂得辨别幻想和现实以及科学和迷信了。因此，童话中的超自然幻想，对儿童是无害的。

幻想是童话所不可缺少的。一篇没有幻想的童话，就不能成其为童话了。幻想是儿童的天赋本能，而童话的重要功能，就是增长儿童的幻想能力。鲁迅认为幻想对儿童是无害的，只是成年人自己长大了，便忘记了自己小时候也曾有过幻想。他说：

孩子是可以敬服的，他常常想到星月以上的境界，想到地面下的情形，想到花卉的用处，想到昆虫的言语；他想飞上天空，他想潜入蚁穴……

然而我们是忘却了自己曾为孩子时候的情形了，将他们看作一个蠢材，什么都不放在眼里。[200]

因此，对于1931年这场关于童话的争议，鲁迅认为何键等人反对童话实在是“杞人忧天”，是违反儿童爱好幻想的本性的。他跟周作人一样主张童话有教育的功能。

鲁迅所提出的童话对儿童无害的主张，对中国现代童话的发展有深远的影响。从他的主张可以看出，他不仅对童话有深切的认识，对儿童教育也很有远见。当时一些作家便是受了他的影响而译介和创作童话的。中国现代童话之所以能继续发展，鲁迅的功劳不小。后来的童话作家，也以鲁迅的话为圭臬。

至于童话的创作方法，鲁迅特别强调“实际和幻想的混合”。他在《小约翰·引言》中这样说：

> 这诚如序文所说，是一篇“象征写实底童话诗”。无韵的诗，成人的童话。因为作者的博识和敏感，或者竟已超过了一般成人的童话了。其中如金虫的生平，菌类的言行，火萤的理想，蚂蚁的平和论，都是实际和幻想的混合。[201]

童话之富于魔力，便是由于有丰富和奇特的幻想，而幻想是必须植根于现实的。以幻想来反映真实生活，正是中外童话作家的写作法则。[202]

鲁迅之后的童话作家也都很注重“实际和幻想的混合”这一法则。洪汛涛说:“童话的幻想，必须植根生活，从生活中去产生幻想。”[203] 他又说:“幻想要生活化，生活要幻想化，这是童话必须遵循的规律。”[204]

蒋风也认为童话中的幻想必须以现实生活为基础。他说:

童话中的幻想往往是离奇莫测的，令人惊异不已，但决不是虚无缥缈的胡思乱想。它必须是以现实生活为基础的一种虚构。童话中的人物和他们的活动和斗争，尽管在现实生活中找不到，也不曾发生过，却是现实生活最大胆最夸张的概括和集中。[205]

贺宜在《目前童话创作中的一些问题》一文中在谈到童话中的幻想与现实时，也认为现实是幻想的根基。他说:

没有幻想，就没有童话。

但是，幻想并不是童话的目的。它是童话在完成自己的艺术任务时所运用的一种特殊方法，而且实际上是构成童话的一种有机因素。就教育意义来说，从现实生活出发的想像或“幻想”，可以帮助儿童从日常的平凡生活与可贵的理想及愿望之间，找到他们的联系，可以将儿童喜爱幻想的特性诱导向正确的方向发展，从而也就对于他们的精神品质和知识修养有所增益。[206]

贺宜又引俄国作家别林斯基的话说：

把人引导到虚无缥缈和空想境地的幻想是有害处的；但是和现实生活相联系，唤醒对自然界的兴趣，唤醒对人类理性力量的信心的想像力的活动，却是有益的。[207]

与贺宜同时的陈伯吹在《谈童话》一文中，说到童话的幻想和现实的关系时，也引用了上述别林斯基的话。[208] 至于幻想和现实应怎样才能协调呢？陈伯吹说：

总起说来，幻想和现实的结合必须自然而不生硬，丰富而不简单，深刻而不浮面。

童话从现实的基础上产生幻想，再从幻想的情景中反映现实，现实与幻想的结合要达成如诗如画般的艺术的境地。[209]

以上这些说法，和鲁迅的“实际和幻想的混合”的法则是相一致的。鲁迅在《表》的“译者的话”里特别表扬叶圣陶的童话集《稻草人》“是给中国的童话开了一条自己创作的路的”，他欣赏这些童话正是因为其取材来自现实生活。直到今天，《稻草人》仍被公认为中国第一篇优秀的现实主义童话。而在十年后出现的张天翼童话《大林和小林》及《秃秃大王》，其现实主义的精神更为强烈。张天翼的童话显然受到了鲁迅很大的影响。

【注】（各注释文献版本详见书末所附“参考书目”）

[1] 刘守华：《中国民间童话概说》，第3页。
[2] 张梓生：《论童话》，原载《妇女杂志》七卷七号（1921年7月），见赵景深：《童话评论》，第1—2页。
[3] 同上书，第9页。
[4] 同上书，第11—12页。
[5] 同上书，第66页。
[6] 胡从经：《晚清儿童文学钩沉》，第217页。
[7] （日）上田正昭等监修：《コンサィス人名辞典：日本编》，第529页。
[8] 同上书，第669页。
[9] 赵景深：《童话评论》，第67—68页。
[10] 赵景深：《童话评论》，第69页。
[11] 同上书，第68页。
[12] 同上书，第69页。
[13] 《儿童文学》编写组编：《儿童文学》（上册），第282页。
[14] 胡从经：《晚清儿童文学钩沉》，第233页。但根据《商务印书馆图书目录1897—1949》（第89页）所载，则《童话第一集》共有86种89册，与胡从经所说的87册有出入；《第二集》则共有8种9册；《第三集》则为郑振铎所编，共4册。
[15] 同上书，第233—234页。
[16] 叶咏琍：《儿童文学》，第113页。
[17] （日）上笙一郎：《儿童文学引论》，第30—31页。
[18] 洪汛涛：《童话探索》，见中国作家协会辽宁分会、辽宁少年儿童出版社编：《儿童文学讲稿》，第264—265页。
[19] 许义宗：《儿童文学论》，第25页。
[20] 同上书，第29页。
[21] 叶咏琍：《儿童文学》，第120页。

[22] 同上书，第122页。

[23] 许义宗：《儿童文学论》，第266页。

[24] 叶咏琍：《儿童文学》，第244页。

[25] Huck & Kuhn. *Children Literature in the Elementary School*. 2nd ed. pp. xvii–xviii.

[26] Ibid. p. xix.

[27] Sutherland and others. *Children and Books*. 6th ed. pp. viii–ix, "Tables of Contents".

[28] 周作人：《童话略论》，见《1913—1949儿童文学论文选集》，第413页。据胡从经考证，该文原发表于《北京教育部编纂处月刊》第一卷第八期（1913年9月），后收入《儿童文学小论》（上海儿童书局1932年3月版）。

[29] 夏文运：《艺术童话的研究》，见《1913—1949儿童文学论文选集》，第122页。该文选自《中华教育界》第十七卷第一期（1928年1月）。原文为作者于1927年12月23日在日本广岛高等师范学校的演讲。

[30] 同上书，第123页。

[31] 同上书，第124页。

[32] 胡从经：《晚清儿童文学钩沉》，第218页。"自然童话"与"人为童话"原见于周作人的《童话略论》，并非胡从经所说的见于《童话研究》。

[33] 《儿童文学》编写组编：《儿童文学》（上册），第282页。

[34] 贺宜：《简论童话》，见《儿童文学讲座》，第50—51页。

[35] 胡从经：《晚清儿童文学钩沉·小引》，第2页。

[36] 朱忞等编著：《鲁迅在绍兴》，第147页。

[37] 胡从经：《晚清儿童文学钩沉·小引》，第2页。

[38] 周作人：《古童话释义》，见《1913—1949儿童文学论文选集》，第425页。该文选自《儿童文学小论》（上海儿童书局1932年3月版）。周作人在该书序中说："都是民国二、三年所作，发表于

北京教育部编纂处办一种月刊。”

[39] 范奇龙：《一束报春的鲜花》，见范奇龙编选：《茅盾童话选》，第2页。

[40] 洪汛涛：《童话学讲稿》，第232页。

[41] 盛巽昌在《孙毓修和早期儿童文学》一文中把高真常写作高其希。

[42] 胡从经：《晚清儿童文学钩沉》，第232—233页。

[43] 同上书，第232—234页。

[44] 见范奇龙编选：《茅盾童话选》，第106—115页。

[45] 洪汛涛：《童话探索》，见中国作家协会辽宁分会、辽宁少年儿童出版社编：《儿童文学讲稿》，第271页。

[46]（日）上笙一郎：《儿童文学引论》，第123页。

[47] 平心编：《全国儿童少年书目》，第77页。

[48]《表·译者的话》，《鲁迅全集》（1973）第14卷，第295页。

[49] 同上书，第296—298页。

[50] 同上书，第298页。

[51] 洪汛涛：《童话学讲稿》，第233页。

[52] 同上书，第234页。

[53] 同上。

[54] 同上。

[55] 同上书，第235页。

[56] 同上。

[57] 同上。

[58] 张天翼：《我的幼年生活》，见《作家的童年》第一辑《我的童年》，第106页。

[59] 盛巽昌：《孙毓修和早期儿童文学》，见《儿童文学研究》第8辑，第119页。

[60] 洪汛涛：《童话学讲稿》，第236页。

[61] 同上书，第237页。

[62] 孔海珠编：《茅盾和儿童文学》，第532页。

[63] 同上书，第510—511页。

[64] 同上书，第537页。

[65] 胡从经：《晚清儿童文学钩沉》，第231—232页。

[66] 孔海珠说是1918年8月出版。见孔海珠编：《茅盾和儿童文学》，第511页。

[67] 同上书，第513页。孔海珠说是1919年4月出版。

[68] 同上。孔海珠说是1919年4月出版。

[69] 同上书，第516—517页。《十二个月》载于《童话第三集》第二编《鸟兽赛球》，上海商务印书馆1923年1月初版，第1—27页。

[70] 同上书，第538—539页。

[71] 同上。

[72] 洪汛涛：《童话学讲稿》，第238页。

[73] 范奇龙编选：《茅盾童话选》，第3—4页。

[74] 魏同贤：《先驱者的业绩——谈茅盾的儿童文学理论及创作》，见《儿童文学研究》第9辑，第121页。

[75] 胡从经：《晚清儿童文学钩沉》，第232页。

[76] 孔海珠编：《茅盾和儿童文学》，第538页。

[77] 同上书，第538—539页。

[78] 同上书，第537—538页。

[79] 同上书，第122页。

[80] 孔海珠认为："茅盾的十七本童话中，编纂的有五本，编译的有十一本，编著的（其实是创作）一本。"同上书，第539页。

[81] 同上书，第541页。

[82] 茅盾：《关于"儿童文学"》，见孔海珠编：《茅盾和儿童文学》，第409页。原载《文学》月刊第四卷第二期（1935年2月）。

[83] 同上书，第411—412页。

[84] 茅盾：《再谈儿童文学》，见《1913—1949儿童文学论文选集》，第231页。

[85] 孔海珠编：《茅盾和儿童文学》，第539页。

[86] 同上。

[87]《难答的问题》，见《且介亭杂文附集》，《鲁迅全集》（1973）第6卷，第567页。

[88] 茅盾：《关于“儿童文学”》，见孔海珠编：《茅盾和儿童文学》，第410页。该文原载《文学》月刊第四卷第二期（1935年2月）。

[89] 同上书，第411页。

[90] 同上书，第413页。

[91] 茅盾：《几本儿童杂志》，见孔海珠编：《茅盾和儿童文学》，第419—420页。原文载《文学》月刊第四卷第三期（1935年3月）。

[92] 茅盾：《再谈儿童文学》，见孔海珠编：《茅盾和儿童文学》，第428—429页。原文载《文学》月刊第六卷第一期（1936年1月）。

[93] 茅盾：《中国儿童文学是大有希望的——对参加“儿童文学创作学习会”的青年作者的谈话》，见孔海珠编：《茅盾和儿童文学》，第500页。原载《人民日报》1979年3月26日。

[94] 孔海珠编：《茅盾和儿童文学》，第543页。

[95] 同上书，第484页。原载《上海文学》1961年8月号。

[96] 同上书，第482—483页。

[97] 同上书，第490页。

[98] 同上书，第544页。

[99] 同上书，第525页。

[100] 同上书，第425—426页。原载《世界文学》一卷四期（1935年4月）。

[101] 同上书，第505页。

[102] 王泉根编：《周作人与儿童文学》，第208页。

[103] 孔海珠编：《茅盾和儿童文学》，第510页。

[104] 同上书，第537页。

[105] 平心编：《全国儿童少年书目》，第60页。

[106] 张梓生：《论童话》，见《1913—1949儿童文学论文选集》，第29页。

[107]《表·译者的话》，《鲁迅全集》（1973）第14卷，第298页。

[108] 同上书，第297页。

[109] 樊发稼：《叶圣陶和他的童话代表作〈稻草人〉》，见陈子君等：《童话欣赏》，第1—2页。

[110] 蒋风：《试论叶圣陶的童话创作》，见《1949—1979儿童文学论文选》，第427页。原刊于《杭州大学学报》1959年第3期。

[111] 同上书，第427页。

[112] 同上书，第428页。

[113] 同上书，第428—429页。

[114] 樊发稼：《叶圣陶和他的童话代表作〈稻草人〉》，见陈子君等：《童话欣赏》，第1页。

[115] 同上书，第2—3页。

[116] 浦漫汀：《童话创作四题》，见《儿童文学十八讲》，第180页。

[117] 叶圣陶等：《我和儿童文学》，第3—4页。据盛巽昌的《我和儿童文学补正》按："郑振铎系1921年秋天由沈德鸿（茅盾）推荐，进入上海商务印书馆编译所筹备出版《儿童世界》周刊工作。该刊从1922年1月7日创办，到1923年1月底，他在主编该周刊一年后，因接替沈德鸿（茅盾）主持的《小说月报》而辞去《儿童世界》主编，但仍担任《儿童世界》的编要。这里不存在因郑振铎去留而不撰童话，故当时作者主要是遵循文学研究会宗旨，撰写小说和编辑《文学周报》等刊物，故无暇再写童话。"（见《儿童文学研究》第12辑，1983年3月，第135—136页）

[118] 叶圣陶等：《我和儿童文学》，第5页。

[119] 郑振铎：《稻草人序》，见郑尔康、盛巽昌编：《郑振铎和儿童文学》，第34—35页。

[120] 樊发稼：《叶圣陶和他的童话代表作〈稻草人〉》，见陈子君等：《童话欣赏》，第6页。

[121] 陈伯欣说鲁迅只选译爱罗先珂童话4篇是不确的。从1921年8月至1923年7月，鲁迅共译了13篇爱罗先珂童话，详见本书附录一《鲁迅儿童文学翻译目录》。

[122] 陈伯欣所说叶圣陶创作童话的年份为1928年到1932年，和樊发稼所说不同。樊说是叶圣陶从1921年写第一篇童话《小白船》起，到1936年为止，总共创作了四十多篇童话；《稻草人》于1923年出版，《古代英雄的石像》出版于1931年。

[123] 陈伯欣：《儿童文学简论》，二版，第70—70页。

[124]《儿童文学研究》第16辑，第94页。

[125] 洪汛涛：《童话学讲稿》，第356—357页。

[126] 同上书，第364页。

[127] 同上。

[128] 张天翼：《自叙小传》，见沈承宽等编：《张天翼研究资料》，第115页。

[129] 同上。此《自叙小传》选自《活的中国——现代中国短篇小说集》（*Living China: Modern Chinese Short Stories*），埃德加·斯诺编（Complied and Edited by Edgar Snow），伦敦：乔治·G.哈拉普公司（London: George G. Harrap），1936年版。

[130] 沈承宽等：《张天翼生平与文学活动年表》，见沈承宽等编：《张天翼研究资料》，第13—14页。

[131] 同上书，第17页。

[132] 同上。

[133] 同上书，第18页。

[134] 同上。

[135]《小彼得》是张天翼写的一篇短篇小说，刊载于1931年10月10日《小说月报》第二十二卷第十号。

[136]《鲁迅全集》（1982）第12卷《书信》，第144页。

[137] 沈承宽等：《张天翼生平与文学活动年表》，见沈承宽等编：《张天翼研究资料》，第20页。当时伊罗生正计划编译中国现代小说集《草鞋脚》。

[138] 同上书，第22页。

[139] 同上书，第22—23页。

[140]《创作的故事》原载鲁迅等著《创作的经验》(上海天马书店1933年6月版)。
[141] 司马长风:《中国新文学史(节录)》,见沈承宽等编:《张天翼研究资料》,第421页。
[142] 张天翼:《创作的故事》,见沈承宽等编:《张天翼研究资料》,第135页。
[143] 王淑明:《〈洋泾浜奇侠〉》,见沈承宽等编:《张天翼研究资料》,第246页。原载《现代》第五卷第一期(1934年5月1日)。
[144] 胡风:《张天翼论》,见沈承宽等编:《张天翼研究资料》,第295页。原载《文学季刊》第二卷第三期(1935年9月16日)。
[145] 同上。
[146] 张天翼:《〈给孩子们〉序》,见沈承宽等编:《张天翼研究资料》,第208—209页。原载《给孩子们》(人民文学出版社1959年版)。
[147] 张天翼:《为孩子们写作是幸福的》,见叶圣陶等:《我和儿童文学》,第73—74页。
[148] 张天翼:《〈给孩子们〉序》,沈承宽等编:《张天翼研究资料》,第209—210页。
[149] 伊藤敬一:《张天翼的小说和童话》,见沈承宽等编:《张天翼研究资料》,第446—447页。译自日本《世界儿童文学》杂志1960年12月号。
[150] 同上书,第453页。
[151] 同上书,第456页。
[152] 金江:《谈张天翼的童话》,见第二次全国少年儿童文艺创作评奖委员会办公室编:《儿童文学作家作品论》,第44页。
[153] 叶圣陶等:《我和儿童文学》,第74—76页。
[154] 同上书,第77页。
[155] 洪汛涛:《童话学讲稿》,第374—375页。
[156] 同上书,第377页。
[157] 樊发稼:《叶圣陶和他的童话代表作〈稻草人〉》,见陈子君等:

《童话欣赏》，第6页。

[158] 洪汛涛:《童话学讲稿》，第382页。

[159] 伊藤敬一:《张天翼的小说和童话》，见沈承宽等编:《张天翼研究资料》，第460页。

[160] 洪汛涛:《童话学讲稿》，第385页。

[161] 司马长风:《中国新文学史（节录）》，见沈承宽等编:《张天翼研究资料》，第420页。

[162] 吴福辉:《锋利·新鲜·夸张——试论张天翼讽刺小说的人物及其描写艺术》，见沈承宽等编:《张天翼研究资料》，第377页。

[163] 同上书，第378页。

[164] 同上书，第379页。

[165] 洪汛涛:《童话学讲稿》，第392—393页。

[166] 同上书，第393页。

[167]《俄罗斯的童话·小引》，《鲁迅全集》（1973）第14卷，第425页。

[168]《爱罗先珂童话集·序》，《鲁迅全集》（1973）第12卷，第290页。

[169]《小约翰·引言》，《鲁迅全集》（1973）第14卷，第5—7页。

[170] 同上书，第7页。

[171]《小彼得·序言》，《鲁迅全集》（1973）第14卷，第238页。

[172] 同上书，第237—238页。

[173] 同上书，第237页。

[174] 同上书，第239—240页。

[175]《表·译者的话》，《鲁迅全集》（1973）第14卷，第298页。

[176] 洪汛涛:《童话学讲稿》，第251页。《爱丽丝漫游奇境记》于1865年由麦克米兰出版公司（Macmillan）出版。

[177] 韦苇编著:《世界儿童文学史概述》，第91页。

[178]《琐记》（1927年10月8日），见《朝花夕拾》，《鲁迅全集》（1973）第2卷，第405页。

[179] 戈宝权:《鲁迅在世界文学上的地位》，第6页。

[180] 同上书，第7—8页。

[181]《我怎么做起小说来》（1933年3月5日），见《南腔北调集》，《鲁迅全集》（1973）第5卷，第106—107页。

[182]《英译本“短篇小说选集”自序》（1933年3月22日），见《集外集拾遗》，《鲁迅全集》（1973）第7卷，第818—819页。

[183]《杂忆》（1925年6月16日），见《坟》，《鲁迅全集》（1973）第1卷，第208页。

[184]《关于翻译》（1933年8月2日），见《南腔北调集》，《鲁迅全集》（1973）第5卷，第148页。

[185] 王泉根编：《周作人与儿童文学》，第70页。

[186] 同上书，第71页。

[187] 同上书，第76页。

[188] 洪汛涛：《童话学讲稿》，第271页。原见《申报》1931年3月5日《教育消息》栏。

[189]《1931—1949儿童文学论文选集》，第140页。原见《申报》1931年4月20日及《儿童教育》第三卷第八期（1931年5月）。

[190] 同上书，第144页。原见《申报》1931年4月29日。

[191] 同上书，第148页。原见《申报》1931年5月10日及《儿童教育》第三卷第八期（1931年5月）。

[192] 同上书，第149页。

[193] 同上书，第151页。

[194] 同上书，第153页。

[195] 同上书，第157—159页。

[196] 同上书，第165页。

[197] 同上书，第166页。

[198]《〈勇敢的约翰〉校后记》，见《集外集拾遗补编》，《鲁迅全集》（1982）第8卷，第315页。

[199]《中国小说的历史的变迁》，《鲁迅全集》（1982）第9卷，第305页。

[200]《“看图识字”》，见《且介亭杂文》，《鲁迅全集》（1973）第6卷，

第43页。
[201]《小约翰·引言》,《鲁迅全集》(1973)第14卷,第7页。
[202] Yolen, Jane. *Writing Books for Children.* pp. 58–59. 简·约伦(Jane Yolen)引述三位作家的话,说明写作童话的法则是注意幻想的逻辑性,不能脱离现实。
[203] 洪汛涛:《童话学讲稿》,第135页。
[204] 同上书,第137页。
[205] 蒋风:《儿童文学概论》,第122页。
[206]《儿童文学论文选》,第43页。
[207] 同上书,第48页。
[208] 陈伯吹:《儿童文学简论》,一版,第66页。
[209] 同上书,第68—69页。

第七章　结论

中国儿童文学和西洋儿童文学的发展过程在早期是相似的，也就是先成人本位，后儿童本位。西洋儿童文学从十八世纪开始从成人本位进入儿童本位，而中国则到了二十世纪才有专为儿童而写作的读物。

中国有“儿童文学”这个名词，始于“五四”时代，以儿童为本位的儿童文学观也是“五四”时代从西洋输入的新产物。“五四”运动以后的文学革命和国语运动，促使小学教科书白话化和儿童文学化，中国儿童文学才渐渐从训蒙式的成人本位时期过渡至儿童本位时期。

鲁迅以前的儿童文学观是以成人为本位的，因此鲁迅童年时没有接触过专为儿童而写的读物。鲁迅在私塾里读的是传统的蒙学教本，内容枯燥乏味，而儿童要强记背诵。鲁迅喜欢偷看像《西游记》一类内容有趣的小说，但对《二十四孝图》里面的故事十分反感。祖母和保姆给他讲述的故事使他印象难忘，他从听故事爱上阅读，因而日后致力于文学的工作，并且推动儿童文学的发展。

童年的切身经验使鲁迅日后关心儿童和他们所受的

教育。鲁迅的儿童教育观是以儿童为本位的，主张把儿童从几千年来的封建社会中解放出来，并且脱离成人的从属地位，成为独立的个体。鲁迅这种打破传统的儿童本位教育观，直接影响了他的儿童文学观，他的儿童文学理论正是建立在这个“以幼者为本位”的基础上的。

鲁迅对中国儿童文学的最大贡献在于他带头唤起人们对儿童的重视，第一个发出“救救孩子”的呼声，促使中国现代儿童文学的诞生。今天，鲁迅被誉为中国儿童文学的奠基人，他是当之无愧的。现在把鲁迅对中国儿童文学发展的贡献总结如下。

（一）儿童文学理论的创建者

鲁迅终其一生没有写过有关儿童文学的专著。他的儿童文学理论只是散见于一些随笔、杂感、散文、日记、书信和序文中。可是，他的这些以儿童为本位的儿童文学见解和主张，却大大地影响了当时和后来的儿童文学工作者。

儿童文学既然是为儿童而创作的，便应该具有儿童的特点，适合儿童的心理发展和情绪需要。鲁迅认为儿童文学作家必须先进入儿童的世界，认识儿童和成人的不同，才可以写出儿童喜欢的作品。

在语言方面，鲁迅认为儿童文学要用白话来写，浅显易懂。在题材方面，鲁迅主张多样化。儿童读物的内容应有所革新，不能一味向儿童灌输封建道德思想。作者应从现实生活中选择与儿童生活有关的题材，反映时代的精神和面貌。儿童文学不应只是纯文学性的读物，还应该包括知识性的读物，鲁迅希望中国科学家也能为儿童写作。

一向为中国儿童文学界所忽视的儿童读物插画，鲁迅却是十分关心和重视的。他大力抨击当时出版的儿童读物插画劣拙，指出插画对儿童读物的重要性。认为儿童喜爱图画，插画既可增加读者的兴趣，又可补助文字的不足。

与鲁迅同时代的作家如郭沫若、郑振铎、茅盾和陈伯吹等，都曾受了鲁迅的儿童文学理论影响，不但推动中国儿童文学的发展，同时也影响了后来的儿童文学工作者。

郭沫若的儿童文学和鲁迅相同，都是以儿童为本位的。郭沫若认为儿童文学作者必须熟悉儿童心理，才能用儿童本位的文字为儿童写作。因此，作家必须具有“儿童的心”。

郑振铎是鲁迅儿童文学理论的实践者。他所编辑的《儿童世界》，其宗旨正是注重儿童特点和趣味性。因此曾经风行全国三十多个城市，且达新加坡和日本等地，至今仍为中国儿童文学界的学习楷模。

至于陈伯吹，这位“童心论”的倡导者，把鲁迅的儿童文学理论贯彻到底。他认为儿童文学编辑在审稿时，应该“儿童本位”一些，从“儿童观点”出发，在“儿童情趣”上体会，再怀着“童心”去欣赏鉴别。陈伯吹的“童心论”在二十世纪六十年代引起一场少年儿童文学的大辩论。

茅盾一向重视儿童文学的教育性和趣味性，这观点和鲁迅是一致的。1979年，茅盾为“童心论”平反，他认为“反童心论的副作用”阻碍了儿童文学的发展。

其实，陈伯吹的“童心论”是渊源自鲁迅的儿童本位儿童文学观的。“反童心论”的结果使中国儿童文学的发展停顿了二十年。幸而后来中国儿童文学界又再遵循鲁迅的“儿童本位”儿童文学理论的指引，儿童文学得以加速发展。

（二）科学小说的倡导者

1903年，鲁迅在日本读书时，翻译了法国凡尔纳的两部著名科学小说《月界旅行》和《地底旅行》。青年的鲁迅，一向喜欢科学，所以也选择了学科学，相信科学可以救国。他译介科学小说，并不是想把它作为儿童文学的一种形式介绍给中国的青少年读者，他是倡导通过内容充满幻想新奇的科学小说向一般大众普及科学。他深信“导中国人群以进行，必自科学小说始”。

虽然1906年夏，鲁迅弃医从文，此后便再没有翻译科学小说，可是他的一篇《月界旅行辨言》却产生了很大的影响，特别是对后来的儿童文学工作者。茅盾便是其中的一位，他从事儿童文学工作是从翻译科学读物和科学小说开始的。直到晚年，茅盾仍然念念不忘向儿童介绍科学读物，并且批评儿童文学中缺少科学读物。

中国儿童文学界一向把鲁迅在1903年发表的《月界旅行辨言》奉为圭臬，对“惟假小说之能力，被优孟之衣冠，则虽析理谭玄，亦能浸淫脑筋，不生厌倦”的说话深信不疑。以为科学必须与文艺相结合，才不会枯燥无味。其实鲁迅所谓“盖胪陈科学，常人厌之，阅不终篇，辄欲睡去，强人所难，势必然矣”，是他看到当时一般科学读物的毛病后所生的感慨。

晚年的鲁迅，观点有所改变，认为应该给少年儿童办一种通俗的科学杂志，他还觉得应该给儿童讲点“切实的知识”。所谓“切实的知识”，就是供给儿童知识性的读物，其中当然包括了科学读物。科学是饶有趣味的，而科学读物并不一定是枯燥无味的，只要写作技巧好，便能引人入胜。事实上儿童是喜欢用直接了当的方式去认识科学的。今天中国儿童文学界应该把鲁迅倡导科学小说的见解重新演绎，赋予新的意义。为了普及科学，促进高新科技的发展，应该繁荣儿童科学读物的写作，除了采取“科学文艺化”的手法外，也可尝试采用“非故事体”的方法写作科学读物。

（三）童话的支持者

童话这个名词，现在一般学者同意周作人的说法，认为是清末从日本引进中国来的。至于是否属实，还有待进一步的考证。鲁迅从小便喜爱童话，终其一生，可谓一位童话支持者。他译介外国童话，肯定创作本国童话的意义、扶掖年轻的童话作家和维护童话的教育功能，而他的一些写作童话理论，对于当时和后来的童话作家，都有很大的影响，现在分述如下。

一，译介外国童话。1909年10月，当孙毓修编译的《童话第一集》第一册《无猫国》出版时，鲁迅已和周作人译成了《域外小说集》二册，其中便包括了童话。在鲁迅所翻译的儿童文学中，大部份是童话。虽然鲁迅翻译童话的目的并非在于介绍外国儿童文学，而是基于同情弱者及被压迫者的立场。但是鲁迅的翻译童话在当时是作为儿童读物，供小读者阅读、父母和教师参考及童话作者作为借鉴之用的。因此鲁迅译介童话的工作，促进了中国童话的发展，引发了茅盾和郑振铎等人从事编译童话的工作。

二，重视本国童话的创作。虽然鲁迅没有创作过童话，他的重点在译介，可是他并不赞成大量编译外国童话或改写本国古典童话。他是十分重视为儿童创作具有中国特色和民族风格的现代童话的。因此他赞誉二十世纪二十年代叶圣陶的《稻草人》“是给中国的童话开了一条自己创作的路的”。鲁迅又扶掖年青作家张天翼，使他在三十年代创作了长篇童话《大林和小林》和《秃秃大王》。张天翼继承了中国自己创作童话的优良传统，把叶圣陶的现实主义童话用讽刺、夸张的手法，发扬光大。

三，童话写作的见解。鲁迅强调“实际和幻想的结合”，童话必须透过幻想，反映生活。这一条重要的写作童话法则，一直被后来的童话作家视为金科玉律。就是外国的童话作家，也认为童话中的幻想必须从现实的基础上产生，这与鲁迅的见解是不谋而合的。

四，童话理论的建设。鲁迅只从事童话的翻译，并没有撰过有关童话的理论著作。但在译者引言、译后记，以及杂文和书信中都有论及他对童话的独特看法。他的这些童话理论，至今仍为儿童文学界奉为圭臬。中国现代童话的理论，可以说是建立在鲁迅对童话的见解的基础上的。

五，肯定童话的教育功能。鲁迅和周作人一样，认为童话能对儿童起教育的作用。民国初年，童话的教育功能并未被一般人认识和接纳。1931年中国童话界更就童话的教育功能发生一场论战。反对童话的人认为童话中的幻想成分对儿童是有害的。鲁迅认为这是“杞人之虑”，大大违反了儿童爱幻想的天性。鲁迅肯定童话的教育作用，对于中国童话得以继续发展，是功不可没的。

在鲁迅的时代，中国童话正在萌芽的阶段，倘若没有鲁迅这位大力支持者，一定很难发展起来。因此，鲁迅对童话的热爱和支持，大大地促进了中国现代童话的发展。

附录一　鲁迅儿童文学翻译目录

- 1903年（22岁）

  篇　名：《月界旅行》

  原　名： *De la Terre à la Lune* (1865)

  (*From the Earth to the Moon*, 1873)

  国　别： 法国

  作　者： 儒勒·凡尔纳（焦士威尔奴、焦士威奴）

  Jules Verne (1828—1905)

  文　体： 科学小说

  出　版： 1903年10月东京进化社初版

  备　注： 在日本东京“弘文学院”读书时译成，根据日本井上勤（1850—1928）的日译本转译，全书用文言章回体译述。把原著者误作美国培伦。署中国教育普及社译印。

· 1903年（22岁）

篇　名：《地底旅行》

原　名： *La Voyage au Centre de la Terre* (1864)

(*A Journey to the Centre of the Earth*, 1874)

国　别： 法国

作　者： 儒勒·凡尔纳（焦士威尔奴、焦士威奴）

Jules Verne (1828—1905)

文　体： 科学小说

出　版： 1906年3月，南京启新书局初版。印刷者为榎木邦信，印刷所为日本东京並木活版所。

备　注： 在日本东京"弘文学院"读书时译成。从日本译本中转译改写，全书用文言章回体译述。首二回载《浙江潮》月刊第十期（1903年12月），署名索士，未刊完，后由南京启新书局于1906年出版。把原著者误作英国威男。

· 1922年（41岁）

篇　名：《爱罗先珂童话集》

国　别： 苏联

作　者： 瓦西里·爱罗先珂

Vasili Yakovlevich Eroshenko (1889—1952)

文　体： 童话

出　版： 1922年7月，上海商务印书馆“文学研究会丛书”。共收童话11篇，其中鲁迅译的9篇。

备　注： 从1921年8月至1923年7月，鲁迅总共翻译了爱罗先珂13篇童话。前9篇收入1922年7月上海商务印书馆出版的《爱罗先珂童话集》，后4篇收入1931年3月上海开明书店出版的《幸福的船》。

鲁迅13篇翻译童话的翻译日期如下：

（1）1921年8月16日《狭的笼》及译后附记

（2）1921年9月10日《池边》及译后附记

（3）1921年10月14日《春夜的梦》及译后附记

（4）1921年11月10日《鱼的悲哀》及译后附记

（5）1921年11月25日《雕的心》

（6）1921年12月3日《世界的火灾》

（7）1921年12月中《古怪的猫》

（8）1921年12月27日《两个小小的死》，12月30日写译者附记

（9）1922年1月28日前《为人类》

以上9篇收入《爱罗先珂童话集》，以下4篇收入《幸福的船》：

（10）1922年7月2日《小鸡的悲哀》及译后附记

（11）1922年12月1日《时光老人》（发表于《晨报四周年纪念增刊》）

（12）1923年3月10日《“爱”字的疮》

（13）1923年7月10日《红的花》（发表于《小说月报》十四卷七号）

- 1922年（41岁）

篇　名：《桃色的云》

国　别：苏联

作　者：瓦西里·爱罗先珂

Vasili Yakovlevich Eroshenko (1889—1952)

文　体：童话剧（三幕）

出　版：（1）1922年5月15日起载《晨报副刊》，6月25日刊毕

（2）1923年7月北京新潮社“文艺丛书”

（3）1926年北京北新书局“文艺丛书”

（4）1934年10月上海生活书店

备　注：据日译本转译。

· 1928年（47岁）

篇　名：《小约翰》

原　名： *De Kleine Johannes*

国　别： 荷兰

作　者： 弗莱特力克·望·藹覃（今译为弗雷德里克·凡·伊登）

Frederik van Eeden (1860—1932)

文　体： 童话

出　版：（1）1928年1月北京未名社“未名丛刊”

（2）1934年11月上海生活书店

（3）1957年2月北京人民文学出版社

备　注： 原作发表于1887年，1899年德文译本印出。据茀垒斯（Anna Fles）德译本转译，卷头有赉赫博士（Dr. Paul Raché）序文（1892）。鲁迅从1926年7月6日起，逐日往中山公园与齐宗颐合译，8月13日译毕。1927年5月26日把译稿整理好，5月31日作序文。

附　录：《动植物译名小记》（1927年6月14日）

· 1929年（48岁）

篇　名：《小彼得》

原　名：*Was Peterchens Freunde erzahlen*

国　别：奥地利

作　者：海尔密尼亚・至尔・妙伦

Hermynia zur Muehlen (1883—1951)

文　体：童话故事集

出　版：（1）1929年11月上海春潮书局，署许霞译

（2）1939年1月上海联华书局，署许广平译

（3）1955年9月上海少年儿童出版社

备　注：许广平据日本林房雄译本重译，鲁迅校改许广平译本于1929年9月译成。

- **1935年（54岁）**

篇　名：《俄罗斯的童话》（16篇）

国　别： 苏联

作　者： 高尔基

Maxim Gorky (1868—1936)

文　体： 童话

出　版： 1935年8月上海文化生活出版社“文化生活丛刊”

备　注： 1934年9月至1935年4月17日据日译本转译。原载《译文》月刊一卷二期（1934年10月16日）、一卷三期（1934年11月16日）、一卷四期（1934年12月16日）及二卷二期（1935年4月16日）。

- 1935年（54岁）

篇　名：《表》

原　名： *Die Uhr*

国　别： 苏联

作　者： 阿列克赛·班台莱耶夫

L. Panteleev（原名 Alexci Ivanovich Eremeev）（1908—1987）

文　体： 小说

出　版： 1935年7月上海生活书店

备　注： 1935年1月1日至12日翻译。据1930年在柏林出版的爱因斯坦（Maria Einstein）德译本转译，也参照日本槙本楠郎的日译本《金时计》。原载1935年3月16日《译文》月刊第二卷第一期《特载》，署鲁迅译。

附录二　严吴婵霞女士作品目录

（Books by Irene Yim）

中文书：

1. （童话译作）《牧羊人的宝物》，“彩虹丛书”，香港：牛津大学出版社，1981年。
2. （童话译作）《獾花壶》，“彩虹丛书”，香港：牛津大学出版社，1981年。
3. （专栏）《清秀杂志》儿童专栏，1985—1988年。
4. （专栏）《读者良友》儿童文学专栏，1985—1988年。
5. （散文）《莲瞳集》，香港：山边社，1984年。
6. （儿童小说）《瘦日子变肥日子》，香港：新雅文化事业有限公司，1984年。
7. （童话）《姓邓的树》，载《儿童时代》，上海，1986年。（本作获上海陈伯吹儿童文学优秀作品奖）
8. 《十一枝康乃馨》，载《儿童时代》，上海，1988年。
9. （与严美健合著）《小移民手记》，香港：新雅文化事业有限公司，1991年。
10. （科幻小说）《第一次见太阳》，香港：获益出版事业有限公司，1992年。
11. （童话译作）《自私的巨人》，台北：联经出版事业股份有限公司，1992年。
12. （童话译作）《灭龙救国》，台北：联经出版事业股份有限公司，1992年。
13. （故事译写）《宠物大行动》，“迪士尼开心故事集”，香港：新雅文化事业有限公司，1992年。
14. （故事译写）《沙滩奇遇》，“迪士尼开心故事集”，香港：新雅文化事业有限公司，1992年。

15. （故事译写）《夜游玩具店》，“迪士尼开心故事集”，香港：新雅文化事业有限公司，1992年。
16. （故事译写）《古怪动物园》，“迪士尼开心故事集”，香港：新雅文化事业有限公司，1992年。
17. （故事译写）《疯狂大购物》，“迪士尼开心故事集”，香港：新雅文化事业有限公司，1992年。
18. （故事译写）《清洁大行动》，“迪士尼开心故事集”，香港：新雅文化事业有限公司，1992年。
19. （故事译写）《三只小猪建房子》，“迪士尼开心故事集”，香港：新雅文化事业有限公司，1992年。
20. （故事译写）《小熊维尼的野餐》，“迪士尼开心故事集”，香港：新雅文化事业有限公司，1992年。
21. （故事译写）《小木偶和魔术钟》，“迪士尼开心故事集”，香港：新雅文化事业有限公司，1992年。
22. （故事译写）《白雪公主开派对》，“迪士尼开心故事集”，香港：新雅文化事业有限公司，1992年。
23. （幼教丛书）《妈妈手册》，《迪士尼宝宝》第十册，香港：新雅文化事业有限公司，1992年。
24. 《给妈妈的话》，《迪士尼故事汉英字典》第四辑，香港：新雅文化事业有限公司，1992年。
25. （童话）《会哭的鳄鱼》，香港：新雅文化事业有限公司，1991年。（本作获1992年北京冰心儿童图书奖）
26. （童话）《大雨哗啦啦》，东京：佑学社，1986年；香港：新雅文化事业有限公司，1987年，2000年。（本作获香港八十年代最佳儿童故事奖、2001年香港教育委员会推荐读物、2002年香港最受学生欢迎初小组十本好书）
27. （科幻小说）《谁是麻烦鬼》，香港：获益出版事业有限公司，1992年。

28.《迷你童话》，香港：获益出版事业有限公司，1993年。

29.《恐龙世界小博士》，香港：新雅文化事业有限公司，1993年。

30.《香港掌故趣闻小博士》，香港：新雅文化事业有限公司，1993年。

31.《流行名牌小博士》，香港：新雅文化事业有限公司，1993年。

32.《未来产品小博士》，香港：新雅文化事业有限公司，1993年。

33.《迷你鬼话》，香港：获益出版事业有限公司，1994年。

34.《迷你怪话》，香港：获益出版事业有限公司，1995年。

35.《青春族EQ贴士》，香港：山边社，1996年。

36.（主编；苏子著）《秋天天气好》，香港：新雅文化事业有限公司，1997年。

37.（总策划；何良懋著）《香港的童年》，香港：新雅文化事业有限公司，1997年。

38.《失踪的妈妈》，沈阳：辽宁少年儿童出版社、香港：真文化出版公司，1998年。

39.《一只减肥的猪》，“新雅图画故事书精选”，香港：新雅文化事业有限公司，1999年。（本作获2001年北京冰心儿童图书奖）

40.《儿童文学与教育》，香港：山边社，1999年。

41.《亲子阅读——儿童图书与儿童成长》，香港：新雅文化事业有限公司，1999年。

42.《怎样为儿童选择图书》，香港：新雅文化事业有限公司，2000年。

43.《儿童文学采英》，香港：新雅文化事业有限公司，2000年。

44.《十三号快乐课室》，香港：新雅文化事业有限公司，2000年。（本书获2002年香港最受学生欢迎初小组十本好书）

45.“亲子共读故事”系列

《大萝卜》，香港：新雅文化事业有限公司，2000年。

《小红鸡》，香港：新雅文化事业有限公司，2000年。

《三只小猪》，香港：新雅文化事业有限公司，2000年。

《三只小蝴蝶》，香港：新雅文化事业有限公司，2000年。

《小红帽》，香港：新雅文化事业有限公司，2001年。

《金发姑娘和三只熊》，香港：新雅文化事业有限公司，2001年。

（本系列获2002年北京冰心儿童图书奖）

46. （绘本译写）《美味的友情》，香港：新雅文化事业有限公司，2000年。
47. （绘本译写）《鹅童复仇记》，香港：新雅文化事业有限公司，2000年。
48. （绘本译写）《昆虫足球队》，香港：新雅文化事业有限公司，2000年。
49. （绘本译写）《月亮生病了》，香港：新雅文化事业有限公司，2000年。（本书获2001年香港教育委员会推荐读物）
50. （绘本译写）《顽皮的小巨人》，香港：新雅文化事业有限公司，2000年。
51. （绘本译写）《彩虹下的宝物》，香港：新雅文化事业有限公司，2000年。（本书获2001年北京冰心儿童图书奖、2001年香港教育委员会推荐读物、2002年香港最受学生欢迎初小组十本好书）
52. （绘本译写）《奇异的种子》，香港：新雅文化事业有限公司，2000年。（本书获香港八十年代最佳儿童故事奖、2002年香港最受学生欢迎初小组十本好书、2002年北京冰心儿童图书奖）
53. （绘本译写）《晚餐奇遇》，香港：新雅文化事业有限公司，2001年。
54. （绘本译写）《城市狗和乡下狗》，香港：新雅文化事业有限公司，2001年。
55. （绘本译写）《温暖的冬天》，香港：新雅文化事业有限公司，2001年。
56. （绘本译写）《乖乖猫小黑》，香港：新雅文化事业有限公司，2002年。
57. 《念儿歌，学语文》第一辑6册，香港：新雅文化事业有限公司，

2001年。

58.《念儿歌，学语文》第二辑6册，香港：新雅文化事业有限公司，2001年。

59.《念儿歌，学语文》第三辑6册，香港：新雅文化事业有限公司，2002年。

60.《念儿歌，学语文》第四辑6册，香港：新雅文化事业有限公司，2002年。

61.“猜谜语，学语文”系列

《自然常识、文仪用品、家居用品》，香港：新雅文化事业有限公司，2002年。

《植物、食物、人体》，香港：新雅文化事业有限公司，2002年。

《日常用品、交通、建筑》，香港：新雅文化事业有限公司，2002年。

《动物》，香港：新雅文化事业有限公司，2002年。

62.（童诗）《一个快乐的叉烧包》，香港：新雅文化事业有限公司，2002年。

63.（参与撰写）《我和孩子怎样亲子共读》，香港：新雅文化事业有限公司，2002年。

64.（合作翻译）《古堡鬼鼠》，香港：新雅文化事业有限公司，2003年。

65.（合作翻译）《我为鼠狂》，香港：新雅文化事业有限公司，2003年。

66.（合作翻译）《神勇鼠智胜海盗猫》，香港：新雅文化事业有限公司，2003年。

67.（合作翻译）《猛鬼猫城堡》，香港：新雅文化事业有限公司，2003年。

68.《预言鼠的神秘手稿》，香港：新雅文化事业有限公司，2003年。

69.（合作翻译）《鼠胆神威》，香港：新雅文化事业有限公司，2003年。

70.（合作翻译）《蒙娜丽鼠事件》，香港：新雅文化事业有限公司，

2003年。

71. （合作翻译）《绿宝石眼之谜》，香港：新雅文化事业有限公司，2003年。
72. （合作翻译）《地铁幽灵猫》，香港：新雅文化事业有限公司，2004年。
73. （合作翻译）《老鼠也疯狂》，香港：新雅文化事业有限公司，2004年。
74. （合作翻译）《吝啬鼠城堡》，香港：新雅文化事业有限公司，2004年。
75. （合作翻译）《乳酪金字塔的魔咒》，香港：新雅文化事业有限公司，2004年。
76. （合作翻译）《逢凶化吉的假期》，香港：新雅文化事业有限公司，2004年。
77. （合作翻译）《雪地狂野之旅》，香港：新雅文化事业有限公司，2004年。
78. （合作翻译）《喜马拉雅山雪怪》，香港：新雅文化事业有限公司，2004年。
79. （合作翻译）《开心鼠欢乐假期》，香港：新雅文化事业有限公司，2004年。
80. （合作翻译）《夺面双鼠》，香港：新雅文化事业有限公司，2004年。
81. （合作翻译）《夺宝奇鼠》，香港：新雅文化事业有限公司，2004年。
82. （合作翻译）《黑暗鼠家族的秘密》，香港：新雅文化事业有限公司，2005年。
83. （合作翻译）《疯鼠大挑战》，香港：新雅文化事业有限公司，2005年。
84. 《小动物大行动》，香港：立法会行政管理委员会，2011年。
85. 《谁是麻烦鬼》，香港：新雅文化事业有限公司，2012年。
86. 《姓邓的树》，香港：新雅文化事业有限公司，2014年。
87. 《辉辉兔不怕黑》，香港：小树苗教育出版社有限公司，2014年。

88.《辉辉兔不偏吃》，香港：小树苗教育出版社有限公司，2014年。
89.《辉辉兔不赖床》，香港：小树苗教育出版社有限公司，2014年。
90.《辉辉兔爱清洁》，香港：小树苗教育出版社有限公司，2014年。
91.《辉辉兔爱运动》，香港：小树苗教育出版社有限公司，2014年。
92.《辉辉兔爱阅读》，香港：小树苗教育出版社有限公司，2014年。
93.《亲子共读故事：小红鸡》，香港：新雅文化事业有限公司，2015年。
94.《亲子共读故事：三只小猪》，香港：新雅文化事业有限公司，2015年。
95.《亲子共读故事：三只小蝴蝶》，香港：新雅文化事业有限公司，2015年。
96.《亲子共读故事：小红帽》，香港：新雅文化事业有限公司，2015年。
97.《一只减肥的猪》，香港：新雅文化事业有限公司，2015年。
98.（编译）《The Little Prince小王子电影故事书》，香港：梦想创意有限公司，2015年。
99.《好爸妈和孩子读好书》，香港：新雅文化事业有限公司，2016年。
100.《我可以不发脾气》，香港：小树苗教育出版社有限公司，2016年。
101.《手臂是用来拥抱的》，香港：小树苗教育出版社有限公司，2016年。
102.《我要说真话》，香港：小树苗教育出版社有限公司，2016年。
103.《最好吃的生日蛋糕》，香港：小树苗教育出版社有限公司，2016年。
104.《给幼儿准备一双写字的手——蒙特梭利写前活动》，香港：新雅文化事业有限公司，2017年。
105.《蒙特梭利汉字笔画砂纸板》，香港：新雅文化事业有限公司，2017年。
106.《奇异的种子》，上海：上海教育出版社，2018年。（本书获2019年第六届上海好书奖）

107.《十兄妹台风总动员》，香港：劳工及福利局社区投资共享基金，2018年。

108.《小青蛙爱静坐》，香港：新雅文化事业有限公司，2019年。

109.《快乐鞋子》，香港：新雅文化事业有限公司，2020年。

110.《鲁迅与中国儿童文学的发展》，香港：中华书局（香港）有限公司，2020年。

111.《鲁迅与中国儿童文学的发展》，上海：华东师范大学出版社，2021年。

英文书：

1. *Sun Ya English-Chinese Picture Dictionary: Animals*, Hong Kong Sun Ya, 2002.
2. *Sun Ya English-Chinese Picture Dictionary: Clothes*, Hong Kong Sun Ya, 2002.
3. *Sun Ya English-Chinese Picture Dictionary: Food & Drinks*, Hong Kong Sun Ya, 2002.
4. *Sun Ya English-Chinese Picture Dictionary: Fruits & Vegetables*, Hong Kong Sun Ya, 2002.
5. *My English Word Book*, Hong Kong Sun Ya, 2002.
6. *The Magic Seed*, "Sun Ya Picture Story World", Hong Kong Sun Ya, 2002.
7. *Uncle Wang*, Singapore Pearson Education Asia Pte Ltd, 2002.

参考书目

中文资料

1. 《1913—1949儿童文学论文选集》，上海：少年儿童出版社，1962年。
2. 干宝撰，汪绍楹校注：《搜神记》，北京：中华书局，1979年。
3. 《儿童文学十八讲》，西安：陕西少年儿童出版社，1984年。
4. 《儿童文学论文选：1949—1979》，北京：中国少年儿童出版社，1981年。
5. 《儿童文学论文选》，武汉：长江文艺出版社，1956年。
6. 《儿童文学研究》（第1至24辑），上海，少年儿童出版社，1979—1986年。
7. 《儿童文学集萃》，北京：北京出版社，1980年。
8. 《儿童文学》编写组编：《儿童文学》（上、下册），合肥：安徽教育出版社，1984年。
9. 《儿童文学》编辑部编：《儿童文学创作漫谈》，北京：中国少年儿童出版社，1979年。
10. （日）上田正昭等监修：《コンサィス人名辞典：日本编》，东京：三省堂，1976年。
11. 上海人民广播电台编：《文学知识广播讲座》，上海：上海广播事业局，1979年。
12. 上海教育出版社编：《回忆鲁迅资料辑录》，上海：上海教育出版社，1980年。
13. 上海鲁迅纪念馆编：《鲁迅著译系年目录》，上海：上海文艺出版社，1981年。
14. 王国忠等编：《儿童科普佳作选》，上海：少年儿童出版社，1984年。

15. 王泉根编：《周作人与儿童文学》 杭州：浙江少年儿童出版社，1985年。
16. 韦苇编著：《世界儿童文学史概述》，杭州：浙江少年儿童出版社，1986年。
17. 戈宝权：《鲁迅在世界文学上的地位》，西安：陕西人民出版社，1981年。
18. 《少年儿童读物目录》，载《全国总书目：1949—1954》，北京：新华书店，1955年，第869—906页。
19. （日）上笙一郎：《儿童文学引论》，成都：四川少年儿童出版社，1983年。
20. 中华全国文艺协会香港分会编：《文艺三十年》，香港：中华全国文艺协会香港分会，1949年。
21. 中国作家协会辽宁分会、辽宁少年儿童出版社编：《儿童文学讲稿》，沈阳：辽宁少年儿童出版社，1984年。
22. 毛礼锐编：《中国教育史简编》，北京：教育科学出版社，1984年。
23. 毛泽东：《在延安文艺座谈会上的讲话》，载《毛泽东选集》，北京：人民出版社，1969年，第804—835页。
24. 公盾：《鲁迅与自然科学论丛》，广州：广东科技出版社，1986年。
25. 邓牛顿、匡寿祥编：《郭老与儿童文学》 郑州：河南人民出版社，1980年。
26. 孔海珠编：《茅盾和儿童文学》，上海：少年儿童出版社，1984年。
27. 平心：《人民文豪鲁迅》，上海：上海文艺出版社，1981年。
28. 平心编：《全国儿童少年书目》，上海：生活书店，1935年。
29. 北京师范大学中文系编：《纪念鲁迅诞辰百周年文学论文集及鲁迅珍藏有关北师大史料》，北京：北京师范大学出版社，1981年。
30. 北京图书馆书目编辑组编：《中国现代作家著译书目》，北京：书目文献出版社，1982年。
31. 叶咏琍：《儿童文学》，台北：东大图书公司，1986年。
32. 《叶绍钧研究及其作品》，香港：百灵出版社，1980年。
33. 叶圣陶等：《我和儿童文学》，上海：少年儿童出版社，1980年。
34. 朱忞等编著：《鲁迅在绍兴》，杭州：浙江人民出版社，1981年。
35. 朱德发：《"五四"文学初探》，济南：山东人民出版社，1982年。
36. 乔峰：《略讲关于鲁迅的事情》，北京：人民文学出版社，1981年。
37. 刘再复：《文学的反思》，北京：人民文学出版社，1986年。
38. 刘守华：《中国民间童话概说》，成都：四川民族出版社，1985年。
39. 许义宗：《儿童文学论》，台北：作者自印本，1977年。
40. 许怀中：《鲁迅与文艺思潮流派》，长沙：湖南人民出版社，1985年。
41. 孙昌熙等：《鲁迅文艺思想新探》，天津：天津人民出版社，1983年。
42. 严吴婵霞：《童话兄弟雅各和威廉·格林的生平》，载《读者良友》第2卷第5期，1985年5月，第79—84页。
43. 杜草甬：《鲁迅论儿童与儿童教育》，载《教育研究》1981年第10期，第63—67页。
44. 杜渐：《鲁迅与科幻小说》，载《书海夜航二集》，北京：生活·读书·新知三联书店，1984年，第147—164页。
45. 李宗英、张梦阳编：《六十年来鲁迅研究》（上、下册），北京：中国社会科学出版社，1982年。
46. 吴鼎：《儿童文学研究（第三版）》，台北：远流出版社，1980年。
47. 辛华编：《英语姓名译名手册》，北京：商务印书馆，1983年。
48. 沈承宽等编：《张天翼研究资料》，北京：中国社会科学出版社，

1982年。
49. 《张天翼作品选》，北京：中国少年儿童出版社，1980年。
50. 张志公：《传统语文教育初探》，上海：上海教育出版社，1962年。
51. 张静庐：《中国出版史料补编》，北京：中华书局，1957年。
52. 张静庐：《中国近代出版史料》（初编、二编），北京：中华书局，1954年。
53. 张静庐：《中国现代出版史料》（甲编、乙编、丙编、丁上编、丁下编），北京：中华书局，1954—1959年。
54. 陈子君：《儿童文学论》，石家庄：河北少年儿童出版社，1985年。
55. 陈子君等：《童话欣赏》，长沙：湖南少年儿童出版社，1983年。
56. 陈日朋：《鲁迅与儿童文学》，载《东北师大学报》1981年第5期，第23—26，82页。
57. 陈汝惠：《鲁迅与中国儿童文学》，载《厦门大学学报》1956年第5期，第55—63页。
58. 陈伯吹：《儿童文学简论》，武汉：长江文艺出版社，1959年一版，1982年二版。
59. 陈伯吹：《作家与儿童文学》，天津：天津人民出版社，1957年。
60. 陈鸣树、刘祥发编：《胡风论鲁迅》，郑州：黄河文艺出版社，1985年。
61. 《作家的童年》第一辑，天津：新蕾出版社，1980年。
62. 范奇龙编选：《茅盾童话选》，成都：四川少年儿童出版社，1983年。
63. 茅盾（方璧）：《鲁迅论》，载《小说月报》第十八卷第十一号，1927年11月，第37—48页。
64. 《茅盾近作》，成都：四川人民出版社，1980年。

65. 国家出版事业管理局版本图书馆编：《1949—1979翻译出版外国古典文学著作目录》，北京：中华书局，1980年。
66. 欧阳询撰，汪绍楹校：《艺文类聚》，上海：上海古籍出版社，1982年。
67. 金燕玉：《儿童文学初探》，广州：花城出版社，1985年。
68. 周忠和编译：《俄苏作家论儿童文学》，郑州：河南少年儿童出版社，1983年。
69. 郑尔康、盛巽昌编：《郑振铎和儿童文学》，上海：少年儿童出版社，1983年。
70. 赵景深：《童话评论》，上海：新文化书社，1928年。
71. 胡从经：《一片冰心在於菟——鲁迅早期的儿童文学活动》，载《齐鲁学刊》1981年第5期，第31—35页。
72. 胡从经：《我国革命儿童文学发展述略：1921—1937》，载《文学评论》1963年2月号，第89—95页。
73. 胡从经：《晚清儿童文学钩沉》，上海：少年儿童出版社，1982年。
74. 洪汛涛：《童话学讲稿》，合肥：安徽少年儿童出版社，1986年。
75. 贺宜等：《儿童文学讲座》，上海：少年儿童出版社，1980年。
76. 顾明远等：《鲁迅的教育思想和实践》，北京：人民教育出版社，1981年。
77. 钱锺书等：《林纾的翻译》，北京：商务印书馆，1981年。
78. 高锦雪：《儿童文学与儿童图书馆》，台北：学艺出版社，1981年。
79. 唐弢：《鲁迅的美学思想》，北京：人民文学出版社：1984年。
80. 黄维樑：《鲁迅・人性・造反英雄》，载《大学小品》，香港：香江出版公司，1985年，第109—111页。
81. 第二次全国少年儿童文艺创作评奖委员会办公室编：《儿童文学作

家作品论》，北京：中国少年儿童出版社，1981年。
82. 章道义等编：《科普创作概论》，北京：北京大学出版社，1983年。
83. 《商务印书馆图书目录1897—1949》，北京：商务印书馆，1981年。
84. 梁佳萝：《鲁迅与现代中文》，载《文艺杂志季刊》第十四期，1985年6月，第40—47页。
85. 彭斯远：《儿童文学散论》，重庆：重庆出版社，1985年。
86. 蒋风：《儿童文学概论》，长沙：湖南少年儿童出版社，1982年。
87. 蒋风：《鲁迅论儿童教育和儿童文学》，上海：少年儿童出版社，1961年。
88. 蒋风、潘颂德：《鲁迅论儿童读物》，西安：陕西人民出版社，1983年。
89. 《鲁迅日记》（上、下卷），香港：香港文学研究社，1973年。
90. 鲁迅先生纪念委员会编：《鲁迅先生纪念集》，上海：上海书店，1979年。
91. 鲁迅先生纪念委员会编纂：《鲁迅全集》（1—20卷），据1938年6月版重行排印，北京：人民文学出版社，1973年。
92. 《鲁迅全集》（1—16卷），北京：人民文学出版社，1982年。
93. 《鲁迅研究百题》，长沙：湖南人民出版社，1981年。
94. 鲁迅博物馆鲁迅研究室编：《鲁迅延辰百年纪念集》，长沙：湖南人民出版社，1981年。
95. 曾庆瑞：《鲁迅评传》，成都：四川人民出版社，1981年。
96. 《简明不列颠百科全书》（十卷），北京/上海：中国大百科全书出版社，1985年。
97. 《慈恩儿童文学论丛（一）》，高雄：慈恩出版社，1985年。
98. 福建师范大学中文系编选：《鲁迅论外国文学》，北京：外国文学出版社，1982年。

99. （日）增田涉著，龙翔译：《鲁迅的印象》，香港：天地图书公司，1980年。

100. 潘青萍：《鲁迅关于儿童教育的思想》，载《幼教通讯》1983年2月，第2—4，32页。

英文资料

1. Aiken, Joan. *The Way to Write for Children*. London: Elm Tree Books, 1982.
2. Bettelheim, Bruno. *The Uses of Enchantment: The Meaning and Importance of Fairy Tales*. Harmondsworth, Middlesex: Penguin Books, 1978.
3. Carpenter, Humphrey & Prichard, Mari. *Oxford Companion to Children's Literature*. Oxford: Oxford University Press, 1984.
4. Cass, Joan E. *Literature and the Young Child*. Harlow, Essex: Longman, 1984.
5. Chambers, Aidan. *Introducing Books to Children*. London: Heinemann, 1973.
6. *Chambers Biographical Dictionary*. Edinburgh: Chambers, 1975.
7. Chow, Tse Tsung (周 策 纵). *The May Fourth Movement: Intellectual Revolution in Modern China*. Cambridge, Ma.: Harvard University Press, 1960.
8. Demers, Patricia & Moyles, Gordon (ed.). *From Instruction to Delight: An Anthology of Children's Literature to 1850*. Toronto: Oxford University Press, 1982.
9. Egoff, Sheila and others (ed.). *Only Connect: Reading on Children's Literature*. Toronto: Oxford University Press, 1969.
10. Egogg, Sheila. *The Republic of Childhood*. 2nd ed. Toronto: Oxford University Press, 1975.
11. *Encyclopaedia Britanica*. Chicago: Encyclopaedia Britanica, Inc., 1980.
12. Hsia, C. T. (夏 志 清). *A History of Modern Chinese Fiction*. 2nd ed.

New Haven: Yale University Press, 1971.

13. Huck, Charlotte S. & Kuhn, Doris Young. *Children's Literature in the Elementary School*. 2nd ed. New York: Holt, Rinehart & Winston, 1968.
14. *The Macmillan Family Encyclopaedia*. London: Macmillan, 1980.
15. Open University In-Service Education for Teachers. *Children, Language and Literature*. Milton Keynes: Open University Press, 1982.
16. Pellowski, Anne. *The World of Children's Literature*. New York: Bowker, 1968.
17. Sawyer, Ruth. *The Way of the Storyteller.* New York: Viking Press, 1970.
18. Sutherland, Zena and others. *Children and Books*. 6th ed. Glenview, Ill.: Scott. Foresman, 1981.
19. Tucker, Nicholas. *The Child and the Book: A Psychological and Literary Exploration*. Cambridge: Cambridge University Press, 1981.
20. 20th Congress of the International Board on Books for Young People, Tokyo, 1986. *Why Do You Write for Children? Children, Why Do You Read?* Tokyo: Japanese Board on Books for Young People, 1987.
21. Yolen, Jane. *Writing Books for Children*. Boston: The Writer, Inc., 1973.